短・俳 落穂ひろい

〜癒し系ユーモア評〜

甲野 功
KONO Isao

文芸社

まえがき

田辺聖子さんのご著書に『古川柳おちぼひろい』という作品があります。落穂という言葉は、収穫のあとに落ち散った稲などの穂のことを言います。先達の秀句を田辺さんの機知に富んだ文章で綴った作品に感銘を受けました。田辺さんの作品に感化され、私なりにユーモアを交え楽しみながら、目にとまった短歌や俳句にコメントを付すことを趣味の一つとして続けてまいりました。

その趣味も気がつけば二十年も続いております。本作は、私がこれまで巷で拝見し記憶にとどめていた作品の中で特に印象に残ったものを取り上げています。当然、取り上げた作品は専門家から高い評価が与えられている秀作であることは言うまでもありません。ですが、私は短歌や俳句の良し悪し、或いは表現の巧拙といった技術的な事柄ではなく、作品の背景にある作者の感情に寄り添うことを大切にしてまいりました。

手にとっていただいた皆様にふふふ、クスクスクスとお声の出るものが何点かでもあれば幸いです。

令和二年九月十三日

甲野　功

短・俳　落穂ひろい

〜癒し系ユーモア評〜

捕獲器の中の鼠と視線合い耳をすませば小さき声す

チューチューチュー、おじさん助けてよ、餌でだまして捕まえちゃうなんて、武士道に反するよ。昔は、鼠はチュー〈忠〉、烏はカー〈孝〉、鼠や烏でさえ忠孝と叫んでいる。まして人間が忠義と孝行を忘れてはいけないって、小学校で修身の時間に教えたものだって、おじいさんに聞いたことがあるよ。一生のお願いだから、おじさん、命だけは助けて。もう悪いことはしないからさ。ただ柱をかじるのだけは許してね、僕たち鼠は人間と違って、放っておくと歯が伸びてきて口を切っちゃうんだ。おじさん助けてよう、早くここから出してよう、エーン、エーン。

五ミリほど大きな靴に買い替えて吾より五ミリ離れ行く孫

生まれたばかりの頃、腕の中でよく眠っていた孫、ふっくらとしたほっぺ。誕生日が過ぎる頃には、よちよち歩きができるようになった。この前に買った靴はだいぶゆるかったから、まだ同じサイズで間に合うだろうと思って買ってきたら、あにはからんや、少しきつい。これでは痛くてかわいそうだ。も少し大きいのに買い替えてやろう。子供の成長は速い。この頃は手をつながなくても、一人でどんどん歩いていってしまう。まだ見えないところまでは行かないが、いつかは遥か遠くへ行ってしまうのだろう。

ゴキブリに運動不足見透かされ

いやあ、さっきは参ったよ。台所でうめえ餌にありついてさあ、こりゃありがてえってんで、むしゃむしゃやっていたらよ、おかみさんに見つかってさ、ゴキブリだあーって大声を出されて、しゅっしゅっと噴霧器さ。あわてたの何の、必死になって逃げたよ。ところがお笑いさ、おばちゃん、中年太りでぶくぶくしちやっているもんだから、動きが鈍くてさ、俺の動いたあとに、しゅっしゅっとやっているわけさ。逃げ込む穴はすぐそばに見つけておいたんだけど、わざとあっちへ逃げ、こっちへ逃げ、おばちゃんを少し運動させてやったよ。

また吾の靴を履きをり師走妻

あれっ、また俺の靴を履いて行っちめやがった。どうして、ああ注意が足んねえのかねえ。師走で忙しい忙しいって、一人で忙しがってんだ、何が忙しいんだか。こちとら碁会所へ行こうと思ってんだ。女房のは、きつくて履けねえや、俺のはぶかぶかの筈だがなあ。どうして、ああ頓着がねえのかねえ。代わりのっていったって、なんせ貧乏所帯だ、お互い一足ずつしかねえんだからな。まあ、いいや、別に決めた時間があるわけじゃねえや、けえってくるまで待つとするか。

ただ一羽向きあべこべに初すずめ

これは僕のことをお詠みになったみたいですね。元日の朝、仲間と電線に並んでとまっているところをご覧になったのでしょう。みんなが右を向いているのに僕だけ左を向いていましたからね。ひねくれた雀が一羽いると思われたのでしょうか。

一茶さんも、

〈われと来て遊べや親のない雀〉

或いは、

〈雀の子そこのけそこのけお馬が通る〉

なんて詠んでいます。

僕たちは小さいから、みんな子供のように思っていらっしゃいますが、大人なんですよ。実を言いますとね。あの時、隣に僕の好きな娘がいましてね、その娘の顔をジーっと見つめていたのですよ。

誤解すな我瞬くは花粉症

「わたくし、この季節になると花粉症で涙は出るし鼻水は出るし、本当に困っておりますのよ」
「おつらいんでしょう、花粉症の方は」
「先日も句会の時に目がかゆくて、瞬きしましたら、ウインクと間違えられてAさんに、にっこりされて困ってしまいましたわ」
「でもあの方、品のあるなかなかの紳士よ、それに私達と同じ六十過ぎとはとても思えませんわ」
「わたくし、まさか、花粉症で目がかゆくて瞬きしたのです、誤解なさらないでねと、わざわざ言うわけにもいかないですものね」
「でも、あなた、誤解されたままにしておきたいと思っていらっしゃるのではございませんの」

会計を済ませし男若からず連れを追い蕎麦屋を小走りに出づ

「あなた、今の二人どう思う」

「そうねえ、少し変な感じはしたけど」

「私は不倫関係とにらんだね」

「でも、まじめそうだったわよ、あの人」

「まじめそうな人がかえって怪しいのよ」

「私は違うと思うな、結婚前と思うけど」

「若そうに見えるけど、態度が所帯持ちよ」

「女のほうが、気が進まないのかもしれない」

「関係解消の話し合い不調、というところかな」

「晩婚同士で話がうまく進まないのかもよ」

「違うな、二人とも既婚者よ。不倫だな」

「あなた、どうしても、そこへもっていきたいのね」

私と致しましては、どちらでもよござんすが。

堅物のピアノの心ときほぐすセラピストなり演奏者われ

私は一介の旋盤工に過ぎませんが、作者のおっしゃりたいことは、よーく分りますね。あれは私が、一応、旋盤を挽けるようになった頃でしたね。機械が突然、動かなくなってしまったんですよ。仕方なしに先輩に見てもらったんです。先輩が二、三箇所点検するとすぐ動き出したんです。そこは私も見たんですがね。その時に先輩に言われた言葉が忘れられません。

「君は何故動かなくなったか分るか、それは機械に対する愛情が無いからだ。機械の心が読めないからだ。機械も生き物だ、呼吸もすれば食事もする。モーターの音は機械の心臓の音だ。機械の食べ物は油だ、油だって、ただ、やればいいというものではない。毎日、機械の手入れをしているか？　仕事が終われば手を洗うだろう、機械も同じだ。機械だって汚れたところはきれいにしてもらいたいと思っているのだ。そこの汚れは昨日や今日の汚れではない、一週間以上汚れたままになっている。きれいにしてくださいよ、と言っている機械の声が聞こえないか？　愛情を持てば機械の気持ちが読めるようになる。機械も気持ちよく働いてくれる。帰りにはご苦労さんと声をかけたくなるのだ」

私はジーンと胸に来て涙が出そうになりましたねえ。ピアノも旋盤も同じだと思いますよ。心理学者になってピアノの気持ちが分るようにならなければ、良い音は出してくれないのでしょう。頑固なピアノをなだめたりすかしたり、作者の気持ちが分るなあ。

あはれともうましとも言ひしらを食ぶ

Ａ「エーと、中トロからいこうか」

主「しらうおの生きのいいのがありますよ、いかがですか」

Ｃ「生きているやつかい」

主「ぴちぴちして泳いでいますよ」

Ｄ「躍り食いか、少しかわいそうだけどな」

Ａ「こいつぁ、うめえや、新鮮そのものだ」

Ｃ「しろうおというのは別なんだってね」
Ｄ「一句できた、しらうおの白き匂いや杉の箸、どうかね、これは」
Ａ「あれー、どこかで聞いたような句だナ」
Ｄ「ばれたか、実は、一六九四年刊行のご存知芭蕉俳諧七部集の一つ『炭俵』におさめられている句で、芭蕉晩年の〝軽るみ〟の境地を……」
Ａ「わかった、もう、そのへんでいいよ」

イヌフグリ犬の陰囊(ふぐり)に瞬きぬ

「人間たちが僕たちのことをオオイヌノフグリって呼んでいるのを知ってるかい」

「知らないなあ、そんなこと」

「僕も最近知ったんだけど、その意味は牡犬のあそこの袋のことなんだってさ」

「ずいぶん変な名前をつけたんだねえ、学者は」

「僕たちの実が似ているんだってさ。中国では地錦と言っているし、千葉県では星の瞳というきれいな呼び方もあるのにね」

「きみ、見たことあるのかい」

「まだ見たことないので、一度見たいと思っているんだ。あっ、犬が来た、オスだ、僕たちの上に立ち止まったよ。これだ、これだ」

二つの花が目をパチパチパチ。

人影にあっと驚く目高かな

どうせ、人間は私たち目高のことをいつも軽蔑の眼差しで見ているんです。とかくめだかは群れたがる、なんて言ってね。お天気がいいので水面近くに大勢集まって楽しく話し合っているところへ、大きな影が頭上をワーッと覆ったので、びっくりして私たちは、ばらばらっと散らばったんです。そんなことにいちいち驚くことはないとお思いでしょうが、また、悪童連が網を持って捕まえに来たかと思うじゃないですか。私たちは、ちっちゃいですけれど小さいなりに一生懸命生きているんです。こんな川柳がありました。〈冷凍魚アッと叫んだままの顔〉（岩田三和）、関係ないか。

父の日や猫に一瞥されしのみ

僕は猫、名前は三毛、同名の仲間が大勢いるのでうんざりですが、猫の名前としては可愛くていいかと思っています。今日は父の日なのだそうですね。でも、こどもの日は休日なのに、父の日は休日でないなんて、随分、差をつけられたものです。ご主人様は定年になりましたから、関係はありませんが。

ご主人様にはご子息が三人いますが、誰からも何も言ってきません。寂しいのでしょう。先刻まで本を読んでいましたが、僕の方をじーっと見ています。きっと僕を折り込んだ俳句を考えているに違いありません。よく投稿していますが、いつもボツで、採用されたことは滅多にありません。

幽霊とならで退院夏柳

最近はさァ、お医者の事故が多くていやあねェ。ほんと言うと、あたしも、も少しで危ないところだったのよ。盲腸のあと腹膜炎になっちゃってさァ、高熱が出て、人事不省ってやつよ。どうも手術の失敗みたいなのよね。もし、このままお陀仏だったら、幽霊になって出てやろうと思ったわよ。そう、病院のそばに池があって、水辺に大きな柳の樹が植わっているでしょう。あそこよ。あんた、幽霊がみんな正直だっていうの知ってる？　知らない、あ、そう。田中五呂八っていう割合有名な人が作った川柳があるのよ。

〈足があるから人間に嘘がある〉

四階へ吹かれ来たりしとんぼうに諭しいるらし妻の声する

おかしいな、向こうの部屋には来客の様子もないし、電話もないのに家内の話し声が聞こえる。

「あんた、こんな高い四階の部屋にどうやって飛び込んで来たの。きっと、風に吹き飛ばされて入って来ちゃったのね。ダメよ、ここに居たって餌もないし、彼女も来ないわよ。早く出て行きなさい。でもね、紐のついている彼女はダメよ、あれは、いたずらっ子が、メスを使ってトンボ釣りをいるんだからね。うっかり飛びつくと、捕まって籠に入れられてしまうわよ。さあ、早く出て行きなさい」

死せる百足（むかで）生ける細君走らせる

余命の尽きるのを悟ったわしは、部下の将軍に遺言として、あるはかりごとを授けた。司馬懿仲達は、魏の曹操旗下の勇猛な将軍であったが、静まり返ったわが城を見て、又何か計略があると深読みして、戦わずして兵を引き上げてしまった。

そこで、死せる孔明生ける仲達を走らす、などと世間では言っておるそうじゃな。日本では、かつて、土井晩翠先生がわしのことを長詩「星落秋風五丈原」で、「丞相病篤かりき」と繰り返し詠んで、心から哀悼の気持ちを込めて、讃えて下さったのが、何より嬉しかった。今日（こんにち）また、作者のおかげで八千万読者にわしのことを思い出してもらえるワイ。なに？　数字が一ケタ違うと？　白髪三千丈に比べれば何ほどのこともござらんよ。ワハハハハ、

——鬚が揺れる——

落馬してしばし草地の秋の中

あっ、痛たた！　馬が脚をちょっと滑らしたくらいで馬から落ちてしまった。わしも老いたもんじゃ。草の上だから大事に至らんでよかった。それにしても、きれいな秋空じゃなあ。中学生の頃じゃったかな。いにしえの昔の武士の侍が、馬から落ちて落馬して、足を折って骨折し、女の婦人に嘲笑されて笑われて腹を切って切腹した、などというダブり文の悪文の見本があったなあ。馬から落ちて何か悪いことがあるかもしれんなどと思わん方がいい。人間万事塞翁が馬、禍福

はあざなえる縄のごとし。あっ、そうだ、用事があったんだ、こんなところにいつまでも寝転んではおれんワイ。

勇気なき吾れに白鳥離れ浮く

あなた、何年悩み続けていらっしゃるの。本当に勇気のない方ね。去年飛来した時と同じ顔をしていらっしゃいますわ。お電話でもお手紙でも思い切って打ち明けてごらんになったらいかがですか。黙っていつまでも悩んでいらっしゃっても通じませんわよ。断られたらどうしようですって？　一度や二度断られても、あきらめてはいけませんわ。「一押し、二押し、三に押し」っていうではございませんか。わたし達白鳥仲間でも、男らしい、いえ、オスらしいオスのほうが好かれますわ。わたし、もう行きますわよ。あっ、白鳥さん、お願いだからもう少しだけ待ってよ。

煮大根フラダンスして妻妖し

これは名句であると思います。煮大根とフラダンスの取り合わせの面白さ。しかし、取り上げるかどうか迷いました。理由はですって？　少し恥ずかしいじゃないですか。で、これはこのまま味わうべき句で、解釈は不要であるという結論。でもって、評に代えて。

フラオドルツマノオシリノミリョクカナ
ハジメテノコノイヨウナルウツクシサ
キリストハユルシタモウカツマナラバ
ウラヤマシコノクノサクシャウラヤマシ

「私の冗談の語り方は真実を語ることである。真実はこの世で一番面白い冗談である」バーナード・ショーでしたかね、これは。

雪降るや服着せられて困る犬

困っちゃうな
どうしよう
むずむずしちゃう
人間様と
目配せしても
笑っているだけ
洋服着せられて

洋服着せられて
少しも寒くないのに
脱がせて欲しい
違うのだから
なんにも言わずに
困っちゃうな

高いものが屋根電柱でありし頃空は大きく広がりおりき

ある日、公園に行ってみると、空がとても大きいのです。どうしてなのか考えました。冬になって、園内のたくさんの樹木の葉がすっかり落ちてしまったからなのでした。空が大きいのは気持ちがいいですね。高層建築の立ち並ぶ今の東京を見たら、智恵子さんの嘆きは一層大きくなることでしょう。

昔、ニューヨークに行った時に朝寝坊してしまいました。ホテルの部屋が暗いので、まだ夜が明けないと思ったのです。ビルの谷間から見える空は小さくて日が差さないので、部屋はいつまでも暗いのです。

高いものと言えば、もう一つ煙突があります。隅田川を千住大橋から少しさかのぼった千住緑町に東京電力の火力発電所がありました。そこに高さ百メートルになんなんとする太くて真っ黒な煙突が四本立っていました。大正十五年に外国人の設計で建設されたそうです。これが見る方向により、一本にも、二本にも、三本にも、四本にも見えるのです。その不思議さと巨大さのゆえにお化け煙突と地元では呼んでいました。昭和三十八年まで稼働していましたが、やがて、時代の流れで撤去の運命になりました。聞くところによると、その撤去費用が建設費と同じ一億円だったそうです。撤去費用が高いなあとも思えるし、建設費が安いなあとも思えますね。

歌ってたっけ「祭りの後の寂しさは」と誰かがバブル崩壊予期して

一億総不動産屋、なんて言われましたね。財務テクノロジー（財テク）なんて言葉もありました。私も、会社の経理責任者として、日本円と豪ドルのクーポンスワップ（金利交換）という取引で大もうけしたことがありましたが、一度でやめました。豪ドルの為替レートが急騰して、円に交換する時、大変な利益が出たのです。

私は宴会が盛り上がっている最中に、芭蕉の句を思い出して、ふと、寂しくなることがあるんです。バブル期はどんちゃん騒ぎのようなものでしたからね。おかげで損をしないで済みました。その芭蕉の句ですか？　それは『俳諧七部集曠野』所載の、

〈おもしろうてやかて悲しき鵜舟哉〉

です。芭蕉さんは、面白いほどもうかる時代の後には、大損をして悲しくなる

時代が来るということを知っていた経済学者でもあったのではないかと考えています。バブルで浮かれていては駄目ですよ、と言っているような気がします。

遊ぶとはもっての外やはたたがみ

「あっ、夕立だ、それ、表へ出ろ。わあ、ざざぶりだ、気持ちがいいぞ。雷も鳴り出したぞ、すごい稲光だ。みんな出てこーい」

「よし、俺も行くぞ、服を脱いでから行くからな、待ってろよ」

「これこれ、雷がこんなに鳴っている中で、遊ぶなんてとんでもない。早く家の中に入りなさい。雷に打たれて死んだ人もいるんですよ」

　はたたがみの漢字ですか。えーと、霹靂神でしたかね。そう、青天のへきれきですよ。今年は冷夏で雷も少なかったですが、青天の霹靂で関東大震災級の大地震なんていうのはご免こうむりたいですね。でもご用心、ご用心。

先生は百まで生きそう運動会

今日は小学校の運動会。生徒たちと一緒になって、飛んだり跳ねたり、元気に競技に夢中になっている先生を見ると、とても定年間近には見えない。体つきも小柄なので、高学年の体格のいい生徒の中に入ると見分けがつかないくらい。どう見ても四十そこそこ。百までは楽に生きそう。昔、平均寿命の職業別統計というのを見たことがあります。確か、一番長いのが学校の先生、二番がお医者さん、次が大会社の経営者だったと記憶しています。学校の先生の中にも順番があって、これが面白いことに小学校、中学校、高等学校、大学の順でした。これは、日常生活でのストレスの小さい順ではないでしょうか。今はどうなのでしょう。

種採って引出し深く眠らする

眠らする、が、なんとも深みのある表現です。昨夏、家の近くの街路樹の下に、どなたが植えたのか、きれいな朝顔がいっぱい咲いていました。秋になり、たくさんの種がついていましたので、いくつか頂戴させていただき、封筒に入れて引き出しに、しまっておきました。今年、植えようとして探しましたがどうしても見つかりません。何十年か後の誰かが眠っている種を見つけて、花を咲かせるかもしれないと思っています。

大賀博士は、二千年前のハスの種を発見して大事に育て、遂にその種は永い眠りから覚めて、きれいな花を咲かせました。種は冬眠します。その小さな種が花を咲かせる生命力には、神秘的なものを感じさせられます。

「愛蔵の刀は南北朝のもの」嘘八百の父のうわ言

「俺は鑑識眼があるわけじゃないけど、あれは本物じゃないよな」

「うん、俺も贋物だと思うな。多分、若い時に騙されて高い値段で買わされたんだろう」

「兄貴よ、おやじに内緒で『なんでも鑑定団』に出してみようか」

「それはやめた方がいい。折角の親父の夢を壊すようなことになるといけない」

「でも、ひょっとしたら隠れたる国宝級の名刀なんてことも、あるかもしれないよ」

「お前も意外と欲が深いね、ひょっとしたらなんてことは、宝くじに当たるよりも確率は低いね」

「ま、のちのちの楽しみにしておくか」

弟の前に兄出てむかで踏む

「こわいよー、毛虫のおばけだー」

「なんだ、ムカデだよ、怖くなんかないよ」

「だって、食いつかれたらいやだ」

「エイッ、こうやって踏んじゃえばいいんだ、男なんだから怖がっていちゃ、ダメだよ」

七十年以上前の小学六年生頃のこと、弟妹を連れて田舎へ行く時、上野駅の地下道の所で、忘れ物に気が付きました。小さな二人を連れて千住まで戻っていたのでは時間がかかります。

「ここで待っていな」と二人に言いますと、下の妹は、「うん」と言ったのですが、弟は、いやだと言って、めそめそ泣き出しました。品のいいインバネスの紳士が、「弟をいじめちゃだめだよ」と言って、そばを通り過ぎて行きました。お兄ちゃんたるものは、これで、なかなか大変なのであります。

虹見しと日記に誌す少年我

何十年ぶりかで古い日記を繙いてみると、「今日、きれいな虹を見た」と書いてある。文章もなかなか上手に書けていて今の自分よりうまいなあと思って読んでいます。

作者には、この虹の中に少年の頃の楽しかった思い出が、たくさん詰まっているに違いありません。

小学一年の夏休みのことでした。私は、宿題の日記に困り果てて、母に泣きついたのです。母は、「アサモヤコイセンコウテイニテタイソウス」と書きました。昔は、ひらがなは、二年生で習いました。私には何のことか、さっぱり分りませんでしたが、そのまま書いて、先生に出しました。

これが、「朝靄濃い千校庭にて体操す」と、分ったのは何年後のことだったでしょうか。千校というのは千寿尋常高等小学校のことで、のちの足立区立第三中学校のことです。現在は廃校になっています。

靄の濃い朝は、怖くて優しかった母の面影が瞼に浮かぶのです。

年取りてすべて忘れて感謝する笑顔のばあばに私はならぬ

この句の最後の五文字を伏せて、適当な語句を入れてくださいという問題を出したら、百人中百人が「私はなりたい」と入れるのではないでしょうか。ところがどっこい、作者は、大方の予想を裏切って、「私はならぬ」と、きた。バンザーイ。そう来なくては世の中、面白くありません。

朝日新聞の朝刊に連載のいしいひさいちの漫画『ののちゃん』が、今日（二〇二〇年三月二十日）で八〇三二回を迎えました。おばあちゃんが出る日は特に面白い。長谷川町子の『いじわるばあさん』も、大ヒットの『サザエさん』よりもはるかに面白いと私は思っている。皮肉をオブラートでくるんだユーモア、健全なる批判精神、旺盛なる好奇心、まあ、理屈は、やめるとして、もう一度バンザーイ。

終了証くるりと巻いて青空を覗いた少女七十五となる

何故、そのようなことをしたか、私には分りますね。作者は、きっと、宇宙の果てに自分の人生の未来が見えるかもしれないと思ったのですよ。その時に見えた未来図と、六十年後の現実はどうでしたでしょうか。

金融機関に就職して二、三年の頃でした。出納振替という制度を作って、無断で仕事に取り入れた為に、ひどく叱られました。囲碁に手筋という言葉がありま す。手順と筋道です。手順を踏み、筋道を通さないと詰碁も解けないし、碁にも勝てません。人生にも通じます。手順を踏まず、筋道を通さなかった私が悪いのですが、あまりに強く叱られたので、意気消沈しました。翌日、母にいつものように弁当を作ってもらって家を出ましたが、まっすぐに勤めに行く気にならず、半日、色々なことを考えていました。

叱られて土手に寝転び青空を眺めた青年八十五となる

卒論は「額田王」という嫁の籠一杯の洗濯物干す

学生結婚には反対したんですけど、息子は、いきなり連れてきて同居。仕方がないわ、娘が一人増えたと思っているの。卒論に「額田王」ですって。「額田王」は斉明朝から持統朝にかけての才色兼備の一流歌人の上に、二人の天皇に愛されているの。大きな題材を選んだものね。最初、大海人皇子（天武天皇）に見初められて、十市皇女を産むのよね。神に仕える身ですからと断ったのですけれど断り切れなかったのね。

中大兄皇子が天智天皇になると妃になるの。天武様の皇后は鸕野讚良（うののさらら）皇女（持統天皇）で、大津皇子を産んだ妃の大田皇女のほかに妃や夫人が全部で八人。天智様の方は、皇后は舒明天皇の孫の倭姫王で、その他の夫人が八人。それにその皇子たちがいるでしょう。高松塚古墳の被葬者が誰か判らない筈ですよね。それより何といっても、「額田王」は歌よ。

茜さす紫野行きしめ野行き野守は見ずや君が袖振る

古今を通じて最高の恋歌だと思うわ。

紫草のにほへる妹を憎くあらば人妻ゆゑに我恋ひめやも

天智様の前で天武様もよく詠むものよね。

娘の十市皇女は大友皇子（弘文天皇）に嫁ぎ、政治問題や壬申の乱もあるでしょう。どんな風にまとめるのかしらね。読みたいものだわ。あら、あら、ついつい、色々なことを考えているうちに時間が経ってしまったわ。早く洗濯物を干さなくちゃ。

心中に定規をもちて切るメロン

ほかのものなら長男の方が少し大きくても文句を言わない次男が、メロンとなると絶対に同じ大きさでなければ納得しないのよね。主人や私のは、少し小さく切って、あと二つをきっちり同じ大きさに切るのに神経使うのよ。

昔は、卵と言えば貴重な食べ物でした。三人きょうだいの長男の私は、ただ一つの卵を割って、醤油を入れてかき混ぜ、三人のご飯の上に均等に分け入れなければなりません。今のものと違って、白身がしっかりしていて、黄身とよく混ざりません（一時期、白身の粘りがなくて水の様でしたが、最近は、かなり粘りが強くなってきました）。それぞれの茶碗に流し込む時に、箸で切るのですが、うまくいかなくて一つに多く入ってしまって、作者さんのように、困ったことがよくありました。今の若い人には想像もつかないでしょうが、こんなことに苦労したものです。お兄ちゃんたるものは、なかなか大変なのであります。

すすり泣くあぢさゐ寺の迷子かな

お母ちゃん、どこへ行っちゃったの。一人のおばあちゃんが一生懸命に慰めていますが、幼い少女が花の中でしくしく悲しそうに泣いています。ここに詠まれた〈あじさゐ寺〉は、多分、松戸市にある本土寺のことだと思います。このお寺の紫陽花は、ご住職が本腰を入れて手入れをされ、数も大きさも実に見事で、一見の価値があります。それで、この寺は、あじさゐ寺と呼ばれています。

四歳ぐらいの時でした。北千住駅で、「切符を買ってくるから、ここで待っているんだよ」と、父に言われましたが、少し経って、そばを父に似た人が通ったので、「おとうさん」と言いましたら、近くの交番に連れていかれました。やがて、父が来てひどく叱られました。それは見つかった安心感の裏返しだったのでしょう。

千住二丁目の都電（当時は市電）の停留所の所から駅に向かう道は、少し坂になっていて、上るにつれて、子供には見えなかった駅舎の三角屋根がだんだんと大きくなっていくのでした。だいぶ前に、このことを足立区の広報にメルヘンチックに書いた人が居ました。多分、私と同年配の方でしょう。現在の北千住駅は大きな駅ビルとなって大勢の人で賑わっています。

国敗れ六十年後の初山河

七十二年前、中学一年の頃、漢文の時間に習った杜甫の「春望」を思い出します。

国破れて山河在り
城春にして草木深し
時に感じては花にも涙を濺ぎ、
別れを恨んでは鳥にも心を驚かす
烽火三月に連なり
家書万金に抵る
白頭掻けば更に短く
渾て簪に勝えざらんと欲す

漢詩の素晴らしさに感動したものでした。そして、ついに私にも、白頭を掻く時代が来てしまいました。

春の蠅物食う男睨みたり

いやですよ、僕は睨んでなんかいませんよ。僕の目は体の割に特に大きいので、睨んでいるように見えたのでしょう。睨んでいるのは作者さんじゃありませんか。

人口に膾炙している小林一茶の名句がありますね。

〈やれ打つな蠅が手を摺り足をする〉

この様子は、どうか、命ばかりはお助けをと、拝んでいるように見えます。拝まれちゃあ、しょうがないと、一茶さんは蠅たたきを側に置きました。

一茶さんについては、田辺聖子先生の名著『ひねくれ一茶』があります。一茶の俳句を駆使して余すところなく一茶の生涯を描き出した素晴らしい作品です。文化勲章受賞の背景には、この作品が与って力があったのではないかと愚考しています。川柳にも面白いのがあります。

〈人間の手がしつこいと思うハエ〉(藤高笠杖)

いやはや、こう見てくると、吾が先蠅諸公も色々と活躍しているもんですなあ。

老妻の我は二の次目高飼ふ

定年になって月給運搬人を廃業した俺のことを最近、かみさんはとんと構っちゃくれない。それならそれでいい。子供の頃を思い出してメダカを飼い始めた。メダカは小(ち)っちゃくて可愛いよ。餌をやると、こっちの顔をじっと見ているんだ。

いや、ちょっと、お待ちください。七十二年前、中学一年の国文法の時間に「助詞の『の』は、場合によって、主格の『は』または『が』を代用する」。なんだかそんなことを習った記憶があります。そうですか、メダカを飼っているのは、作者さん自身ではなくて、奥さんなのです(老婦人メダカを飼う之図)。その新規性に着目して作者さんはユーモラスにこの句を詠んだのではないでしょうか。少し無理な解釈か、やっぱり目高を飼うのは作者自身らしい。

最大の碁敵妻の留守の夜はひそかにひもとく「定石徹底研究」

いくら勧めてもなかなか碁を習いたがらなかった愚妻が、何を思ったか、急に碁を教えてくれと言いだしたのは一年前のことである。それが今では互角に打つようになってしまった。少し覚えると、敬老館の講習会などによく通っていたのは知っていたが、筋がいいというか、天分があるというのか、俺が五年もかかって今の級に到達したのに、その五分の一の期間で追いつかれてしまったのである。このままでは早晩、白を渡さなければならなくなる。

そうなっては亭主の沽券にかかわる。なんとしてもそれは防がなければならない。いい本を見つけた。友達と二泊三日の旅行に出かけたのを幸い、留守中に猛勉強をして差をつけてやる。旧友は、奥さんと同じ趣味でいいね、などと言ってくれるが、とんでもない。それどころではないのである。

あきらめて夕立のなか走り出す

作者ならずとも、似たような経験は誰にでもあると思いますし、私も先日、経験しました。私の家は駅から五分です。駆け出せば三分。

電車を降りて通りに出ると、夕立です。それほど雨脚は激しくないので、駆け出しました。それを待っていたかのように、土砂降りになり、家に着いたら、びしょ濡れです。そして悔しいことに、すぐに小降りになりました。マーフィーにやられました。

これは昔からよくあるようです。作者のように、

〈ほんぶりに成って出て行雨やどり〉（江戸文芸の華、川柳の選集『誹風柳多留』）

とか、「山吹」の歌でよく知られている、太田道灌作の短歌、

〈急がずば濡れざらましを旅人のあとよりはるる野路の村雨〉

とか、いろいろあります。

『マーフィーの法則』という本があります。マーフィーというのは人名ではなく、ポピュラーサイエンスの作家でもある、リチャード・ロビンソンが作り出した人

間社会のどこにでも顔を出す意地悪な小悪魔です。

その法則の一つに「あなたの列は、いつも進むのが一番遅い」というのがあります。うなずいていらっしゃいますね。そうなんです。高速道路の料金所。とても混んでいて、どの列も車がいっぱい。ところが隣の列はどんどん進むのに自分の列はなかなか進みません。海外から帰国して空港の入国審査の列。隣の列の進み方が速いので、隣の列に移ります。すると、前に並んでいた方の列の進み方が速くなります。悪魔の仕業だとしか思えません。ひとが口惜しがるのを見てよろこんでいるのです。

法則というよりも事例集で、全部で五千あるそうです。中に、「傘なしで小降りの中を歩くと、雨は激しくなる」というのが有るか、無いか、私には分りません。

〈ずぶ濡れとなれば走らず大夕立〉

ずぶ濡れで半分やけくそ。

〈ずぶ濡れの海女は走らず俄雨〉

〈タクシーは反対側はよく通る〉

〈短日や隣の列のよく進む〉
マーフィーのせいです。

お隣の車の屋根の野良猫の「文句あるか」に「いえいえそんな」

「おらあ野良猫だ、ここは日向ぼっこにちょうどいいから寝そべってんだ。文句あっか」。猫という奴はどうしていつもこんなに威張った顔をしているのでしょうね。その剣幕に押されて、つい「いえいえ、そんなことはありません」と言ってしまいそうですね。野良だけでなく飼い猫も一緒ですね。隣家の猫は何の用が有るのか知りませんが、無断で我が家の小さな庭を往復するのを日課にしています。時には、ガラス越しに奥にいる私の方を睨むことがあります。まさに、文句あるか、という態度です。

漱石先生が『吾輩は猫である』を著してからこうなったのではないかと愚考しています。

田辺聖子先生の『川柳でんでん太鼓』に次の句が載っていました。
〈悪いことと知ったか猫もふり返り〉（岸本水府）
植木鉢でもひっくり返しましたか。猫には人間に似た感情があるようですね。

この店で万引すれば拳骨の五発みまふと張り紙のあり

捕まえても、捕まえても、新手（あらて）の万引きには頭にきているんだ。本屋仲間に聞いてみると、ここんところ、少しも減らないで、どこでも、むしろ増えているというのだ。本屋の儲けなんか知れたものだ。捕まらないやつの方が多いだろう、きっと。みんな、どれだけ損をしていることか。学校ではどんな教育をしているんだか。文部科学大臣に文句を言いたいよ。損害を文部科学省で弁償してもらいたいもんだ。

張り紙がおかしいなんて笑うなよ。こっちは本気なんだからな。

「猫の手も借りたいよね」という妻に前肢差し出すわが白猫は

いえね、目の前でそう言われると、役に立たないのは分っちゃいるんですが、つい手を出してしまったんですよ。無職渡世のおいらを一宿一飯どころか何年にもわたって食べさせてもらっているので、何か役に立つことはないかと、これでも考えているんですよ。鼠をとるのが仕事ですが、鼠も昨今は、いなくなりましたしね。なんですってね、最近、猫喫茶なるものができて、可愛い猫を一匹貸してくれるんですってね。ストレス解消にいいとか評判がいいそうですね。僕もアルバイトに行きましょうかね。

〈猫カフェへ猫抱きに行く秋の雨〉

仏像ってどれかは自分に似ているよと　やだ天邪鬼私に似ている

五百羅漢像をどこかのお寺で見たことがあります。案内者が、誰でもどれかに似ているものです、と、説明しているのを聞いたことがあります。天邪鬼（天邪久）ですか、それは、ちょっと困りましたね。でも、歌には、私は、顔は少しは似ているかもしれませんが、心までは似ていません、それに、天邪鬼のように、わざと人の言に逆らって片意地を張るようなことはよくないので、気を付けることにしましょうという反省の気持ちが込められています。仁王様に踏みつけられてはかないませんものね。

五百羅漢は、広辞苑によれば、釈尊滅後、遺教結集（第一結集）に、またカニシカ王の時、第四結集に来会した五百人の羅漢さんを言うのだそうです。

雪五尺住めば都と言うけれど

いやあ、ホント同情しますね、毎年、北国の大雪には。二の字二の字の下駄の跡、なんてどこの国の話だと思いますよね。雪が降ると、風流だなんて言っている都会人は雪国の人のつらさを理解していません。大雪の後の屋根の雪下ろしには危険を伴います。今年の冬も、ある村では雪かき予算を使いつくして、道路の雪かきができなくなって困っているという話を聞きました。北海道に住む長男の家も、県道まで百メートル以上あります。そこは私道なので、村では雪かきをしてくれません。親切な大家さんがブルドーザーを貸してくれるので苦労して除雪作業をしています。

住めば都、というのは雪国以外の話と言いたくなりますね。

一茶さんは、亡父の遺書を盾に、異母弟の専六との長期にわたる遺産配分訴訟の結果、ようやくにして柏原村に住まいを確保しました。そして経験した大雪にびっくりして〈是がまあ終の栖か雪五尺〉。

冬なんて嫌いだ氷で転んだしそれを男子に見られちゃったし

氷で転んだのはいいとして、男子に見られちゃったのでは慚愧の極みですね。それでは冬なんかいっぺんに嫌いになってしまいます。お気持ちはよく分ります。

ところが、何年か経って、好きな人ができて、一緒にスキーに行ったら、これが楽しくて、楽しくて、いっぺんに冬が好きになってしまうんですね。人生なんてそんなもんです。

僕もあります。雪が降った翌日、高をくって革靴で出勤しました。転ばないように気を付けながらようやく会社につきました。門を入った途端、すってんころりんです。大勢の部下が見ていました。女子職員もいました。その時の照れ臭かったこと。冬がいっぺんに嫌いになりました。

鬼だけどパパだからねと四歳が二歳にそっと豆を渡しつ

可愛いですね、そばで見ているお母さんのニコニコ顔が見えるようです。

節分が来ました。豆まきです。鬼役はお父さんです。自分が二歳の時、ほんとの鬼だと思ってお母さんと一緒に、力いっぱい豆を鬼にぶつけました。二歳では力いっぱいといっても、たかが知れていますが、お父さん鬼は痛い痛いと泣き言を言いました。二歳児の記憶というものがあるのかどうか分りませんが、二歳の弟にそっと、そのことを教えています。思わず頬が緩みました。

若いのに杖がいるのかと言われたり七十五の吾が米寿の翁に

途中まで読み、七十五歳の人に「若いのに」と言う人は誰なのだろうと思って最後まで読むと八十八歳の矍鑠たるご老人でありました。

俺より十三も若いのに、と言われても、腰痛がひどくて、杖なしでは歩けないのですよ。大目に見てください。脊柱管狭窄症と医者に言われたのですけれど、その痛みとは違うのですね。マッサージ、ハリ、コルセット着用、いろいろやってみましたが効き目はありません。痛みが出ても少し休むと治るので、こうして出歩いているのです。

七十五歳で杖のいる人、八十八歳でも杖のいらない人、人生、色々です。

晩酌はたまに止めても良いけれど酒豪の妻が許してくれぬ

「毎晩というのはよくないと思って、今夜はやめようよ、休肝日という言葉があるくらいだからと言うんだけれどさ」

「ダメだって言うのかい、奥さんが」

「そうなんだ、男は外で飲めるけど私はうちでしか飲めないんだから、お付き合いしてよ、なんて言われてさ」

「君の奥さん、強いからなあ」

「そう、いくら飲んでも酔わないんだ、参っちゃうよ」

「そんなこと言って、君も結構楽しんでいるんじゃないの」

「まあ、そうと言えないこともないけど」

自転車で転べば一生寝たきりだよ孫の言葉に揺れる九十歳

八十歳の時、自転車に乗っていて、停まろうとしてバランスを失い、転んでしまい、いかなる弾みによるものか、なんと、足から頭まで七箇所の擦り傷を負った。丁度、碁に招かれたお医者さんの医院の前だったので、休日にもかかわらず手当てをしてもらった。これが八十歳というものかと感慨しきりでした。娘に、乗車禁止、今度、怪我をして入院しても見舞いに行きませんよ、と言われ、見舞いに来てくれなくちゃえらいこっちゃと思い、乗車を自粛した。

一年ばかりすると、やはり不便で、また乗り始めた。今まで無事に過ごしている。作者は女性で四歳年上。同じ年くらいまでは行けるのじゃないかと考えているが、果たして、天がそれをお許しになるかどうか。私と同年の、長男の義父が、不便を忍んで、今年、自動車の運転免許証を返納しました。作者さんの揺れる気持ちがよーく分ります。

以前から妻に言いたいことがあるでも言わない方がいい気もする

山田監督の映画史上最多連作の映画「男はつらいよ」。全部で、四十八作と聞いただけで、いかに人気の高かった映画かが分ります。

作者は、その主人公の寅さんのセリフではありませんが、「それを言っちゃあおしまいよ」と、言われるのではないかと心配で言えないのですよね、きっと。世の亭主族は大体において、いじらしいものです。夫婦の問題とは異なりますが、現役の頃、事務所の女性の一人にこう頼まれました。

「Aさんなんですけど、ほとんど口をきいてくれないんです。私のどこが気に入らないのか分らないので、困っているんです。別に意地悪されているわけではないのですが、小さな事務所ですから仲良く仕事がしたいのです。部長からAさんに話していただけませんか」と。私は答えました。

「僕には事態を改善する自信がないな。多分、話してもかえって悪くなるだけだと思う。いいチャンスがあれば、話してみるけど、しばらく待ってくれないか」と、チャンスがないまま、三人とも退職しました。

後日、この女性から来た手紙の中に、「Aさんとは、わだかまりが解けて仲良く文通していています」とあり、安心しました。人間、成長すると、許容範囲が広がるようです。夫婦とは、ある意味で、我慢比べの連続ではないでしょうか。

腰折れを一つ、

〈亡妻(つま)よりも倍も我慢をしてきたと思えどそれは逆なりしかな〉

碁敵はぶどうつまんで負にけり

「やっぱりな、ここを切られてはダメだったか。切られてもなんとかなると思ったんだがなあ。『何とかなるは何ともならない』、うちの社長の口癖だったなあ。『覗きにつながぬバカは無し』か、継いでおけばよかったよ。それでも、ここを、ハネておけば、まだどうにかなったんだよなあ、白だって威張れた形じゃないものな。少し気合が悪かったな。嗚呼、負けた負けた。三連敗とは、なんとも情けないもんだ」

碁笥の蓋に溜まった白石を盤の上にざあっと開ける。

「おおっ、おいしそうなぶどうが来てる。こいつをいただこう」

負けてぶどうをつまみけり。

鳰亦鳰鳰

漢字四文字の俳句を初めて見ました。〈かいつぶりまたかいつぶりかいつぶり〉と読みます。四文字熟語というのはよく聞きますが、四文字俳句というのは古今東西、初出現でしょう。どう読むのかなあと思って、鳰(にお)をかいつぶりと読んで、普通に読んでみると、五、七、五の俳句になっています。鳰の海は琵琶湖の別称、と習った記憶があります。湖面に、たくさんの鳰が浮かんでいる様子が目に浮かぶようです。俳句として立派に味わえます。

鳰を辞書で引くとカイツブリの別名とあります。カイツブリを引くと、次のような少し長い説明文が出てきました。

①カイツブリ科の鳥。全長二十六センチくらいで、体は丸く硬い尾羽はない。夏羽は頭部・背面が黒褐色、ほおからくびが栗色で、くちばしの基部に黄色い部分がある。冬羽は灰褐色、湖や沼にすみ、潜水が得意で鳴く。四月から水草で巣を作り、「鳰の浮草」とよばれるが、下部は固定してある。ひなは瓜模様があり、親の背に乗って運ばれる。留鳥、にお、におどり、かいつむり。「季　冬」
〈野の池や氷らぬかたにかいつぶり〉「几董」
②カイツブリ科の水鳥の総称、一目一科、カンムリカイツブリ・ハジロカイツブリなど二十種類が世界に分布。

辞書の中に、このように長い解説は、あまりありません。この句は、湖面のあちらにもこちらにも、たくさんのカイツブリが浮かんでいる情景を詠んだものでしょう。そうかと思うとこのような句もあります。

〈湖や渺々として鳰一つ〉（子規）

集団で移動した後に一羽だけ取り残されたのでしょうか。

どのように辿り着きしか蟻の群橋の半ばの小さき飴に

蟻の歌は随分色々あります。精励恪勤の模範生みたいなところがありますからね。この橋の途中に蟻の巣があるとも思えません。橋の長さは百メートルくらいあります。とすると、五十メートルは歩いてきたことになります。

とすると、私の計算に誤りがなければ、この五ミリほどの蟻たちは、身長百六十センチの人間世界に喩えると、最低でも十六キロメートルは歩いてきたことになります。たとえ、田舎だとしても、十六キロ先のスーパーまで歩いて夜のおかずを買いに行くでしょうか。四時間はかかります。橋の途中に巣があるとも思えません。このように考えてくると、作者さんが、どのようにたどりついたのだろうと不思議がる気持ちがよく分ります。この距離の飴の匂いが蟻に分るとも思えません。普通の行動範囲なのでしょうか。蟻の持つ、この神秘さへの興味が、人間に短歌を作らせる源なのかもしれません。

猪垣（ししかき）に掛かる突進無用札

猪防止用の垣根に大きな文字で「突進無用」と書かれた大きな看板が掛かっています。

「イノシシは文字が読めるわけじゃないから無駄じゃないか」

「それは分っているんだけど、猪突猛進でやってきて、どんな垣根も破られちゃう。自分が食うだけ持って行くんならいいんだが、どういうつもりか畑中荒らしやがるんだ」

「頭がいいから罠にもなかなか、かからないしね」

「こんなこと書いたって無駄なことは分っているんだけど、猪メも、なんだか変なものがぶら下がっているな、と、少しは警戒するかと思ってさ。イノが、字が読めますようにって、神様に祈る気持ちだよ」

「人事を尽くして神頼みというところか」

「今度捕まえたら牡丹鍋にして食ってやろうと思っているんだが」

帰省子の母嬉しくて嬉しくて

「藪入り」という落語があります。年配者か、落語好きの人でなければ、「藪入り」という言葉の意味が分らない人が多いでしょうね。奉公人が正月及びお盆の十六日前後に暇を許されて親元に一日帰ることを言います。一日も家を離れたことのなかった息子が、明日は三か月ぶりで帰ってくるというので、両親は嬉しくて朝までほとんど眠らずに語り明かしてしまいます。

息子が帰ってきて一人前の挨拶をするので、すっかり喜びます。近くに挨拶に出た時に持ち物の中に思いがけないお金があるので、悪いことをしたのに違いないと父親は帰ってきた息子を大声で叱りつけます。それは鼠を捕まえて貯めたお金だったのです。鼠を捕まえて交番に持って行くとお巡りさんがお金をくれました。それで両親は安心します。落語では一匹二銭と言っていますが、私の子供の時は一匹一銭でした。たくさん持ってこられて困った警察が一銭に減額したものでしょう。私も、もらったことがあります。飼い猫の捕まえてきた鼠を取り上げたり（飼い猫は鼠を捕ると飼い主に褒めてもらいたくて見せにきます）、鼠捕りにかかった鼠を水につけて殺したりして交番に持っていきます。

理由の分った両親は安心して、「これも、ちゅー（忠）のお蔭だ」という落ちです（6頁参照）。

昭和十三年頃、私のお小遣いは一日或いは二日に一銭で、それで飴玉三個か、おせんべい三枚が買えました。五厘銭もあったのですが、これは一つでは使えなくて二つ持って行くと一銭と認めてくれたのでした。歴史の話ですね。

昭和初期の物価

品目	価格	品目	価格
ガソリン一リットル	十二銭	喫茶店のコーヒー一杯	十五銭
カレーライス	十五～二十銭	総合雑誌	一円
キャラメル（十粒）	五銭	六十ワット電球	三十銭
大学生用学帽	六～七円	ゆかた	二円
英和辞典	二円五十銭	白米（十キロ）	二円五十銭
芥川賞（直木賞）賞金	五百円	乗用車	千六百五十円
東京帝国大学授業料（年間）	百二十円		

「僕は君」そのあとの続く助詞はどこ？　よかぜがさらう「を、が、と、に」どれか

静かな夕暮れでした。暮れるに早いつるべ落としの秋の末、あと一か月少しで冬至です。皇居前広場の芝生に置かれたベンチには、二人連れが点々としています。何回目かのデートの時、あの人は、僕は君、と言ったきり言葉を閉じてしまいました。いいえ、閉じたのではありません。何か言ったのです。それを夜風がさらっていってしまったのです。

「……を心から愛しています」

「……が好きで好きでたまりません」

「……と結婚したいと思っています」

「……に僕の孫のおばあさんになってもらいたいのです」

あの人はこのどれかを言ったのでした。どうぞ、お好きなのを選んでください。

主格の助詞は、この四つの外に「の、へ、より、から、で、や」の六つあります。ついでに言いますと、接続の助詞は「ば、と、でも、けれども、が、ので、

のに、から、して、ながら、だから、たり、だり」七十三年前、十三歳の中学一年の時に、文法の試験の前に覚えたものです。無駄ではなかった証拠にこのユーモア評が書けました。

「持てる力を他に使いようがないまま無駄遣いしてしまう。そこにこそ青春の魅力が潜んでいるのかもしれません」（世界的文豪ツルゲーネフ）。

〈馬の名に全部使った記憶力〉という川柳もありました。

来なかったあいつばかりがモテている同窓会の泡立つビール

「中村さんが来てないわね」

「出席の通知はあったんだけど、急な用事ができたらしいわ」

「あたし、会うのを楽しみにしてたんだけどなあ」

「彼、バスケの選手で背が高くて、カッコよかったものね」

「そうね、ドリブルがうまくて、ランニングシュートが得意でさあ」

「後輩の指導で時々学校行ってるらしいわよ」
「来年は来るかしらね」
(俺、来年は欠席することに決めた)

癖のある年寄りになり薬喰う

田舎に住む伯父が、多くの薬袋を抱えて、一度に、あまりたくさんの薬を飲むので、びっくりしたことがあります。飲むというより、まさに食べるといった感じでした。

この句は説明の難しい句です。無くて七癖とか、髪の癖などと言いますが、それらとは違うようです。頑固、気が強い、意地悪、人を寄せ付けない、目つきが鋭い、自我が強い、傍若無人、どれもしっくりきません。

ひょっとするとこの全部を兼ね備えた人かもしれません。しかし、漠然としていますが、言われてみるとどういう人か分る気がします。

〈年取りてすべて忘れて感謝する笑顔のばあばに私はならぬ〉前にこういう短歌を取り上げたことがあります（30頁参照）。このばあばの対抗馬的人物で、いい勝負かな。

世の中を斜に構えて生きている。それは、どういうことなのですか、と訊かれても困ってしまう。要するに癖のある人なのです。

多分、このお年寄りはご近所の友人でしょう。老婦人には癖のある人とは言わないようです。「憎まれっ子世に憚ると言われているのは知っているさ。どう言われようと、長生きしなけりゃ損だよ」と言いながら薬を食べています。

人の世の何が可笑しい寒烏

人間様は「鳥は鳴く」と言うのに、なんで「烏は笑う」と言うんですかね。烏は鳥じゃねえんですかね。あっしですか、あっしは烏仲間じゃあ多少、学があるので、兄いとか言われているカラスでがんすよ。烏が笑うというのは、多分、あの童謡のせいじゃねえかと思いやす。「♪山田の中の一本足の案山子　弓矢で威して力んで居れど　山では鳥がかあかと笑う　耳が無いのか山田の案山子」

これでがんすよ。笑っていると思ったんでしょうが、あっしは笑っているわけじゃねえんですよ。反対に、泣いているんでがんす。あっしの眼をよーくご覧になってくださりゃあ、涙があふれそうになってるのが分りやす。だってそうじゃありませんか。人間社会はおかしいことばかりですぜ。総理大臣は国会で嘘ばかりついているし、官僚は文書の改ざんはするし、でたらめの統計調査はするし、親は子供をせっかんして命まで奪ってしまう。こんなことは鳥の世界にはありませんぜ。人間社会のことを見ていると人間がかわいそうでかわいそうで、つい涙が出てしまうんでがんす。かあかあかあかあ。

カピバラのような老人が「チンピラだ」とハイエナの檻眺め呟く

俺か、俺はナリは小せえが元はやくざの親分よ。ハイエナと言やあ、ライオンやチーターが捕った獲物でせえ横取りしようってくれえな度胸のいい悪党だ。それがなんでえ、檻の隅っこの方に小さくなりやがって。悪党なら悪党らしく、檻の真ん中にふんぞり返って、もっと堂々としろい。おめえはハイエナのチンピラだな、え？　そうだろう。

カピバラ＝齧歯目カピバラ科の哺乳類。齧歯類では最大で、体長七五〜一三〇センチ、尾はほとんどない。前足四指、後足三指。後指に水かきを持つ。南アフリカの湿地近くの森林に住む。

「汝が妻を介護してみろソクラテス」唱へてけふの苛立ち解す

ソクラテスさんよ、あんたが、どんな、えらい哲学者かなんか知らないけど、奥さんが癌になり、認知症を併発したら、その介護がどのくらい大変だか分るかい？　あんたは世界で一番有名なギリシャの哲学者だそうだけど、認識論だか、知行一致論だか、誰にも分らないような屁理屈ばかりこねてないで、要介護５の患者を一度でいいから介護してみろって言うんだ。こんなことを言ったたって、何の足しにもなるわけじゃないけれど、言うだけ言ったら、何となく気持ちがすーっとしてイライラがなくなったよ。さあ介護、介護。

ソクラテス以外にも、デカルト、カント、ショーペンハウエルなど大勢います。そうです（デカンショ）です。でも、この場合は、ソクラテスでなければならないようです。何しろ、哲学者の総帥ですから。

動物の図鑑見ている七歳はからだすべてでえっ！と驚く

動物図鑑を見ていた七歳の子供が、両手を挙げて、椅子から転げ落ちるのではないかと思われるほど、体をのけぞらせ、「えーっ！」と、周りにいる人の方がびっくりするほどの大きな驚きの声を上げた。一体、何の絵を見ていたのでしょうか。

「驚く」ということは大事なことです。それは子供を含めて若い人の特権であり、それは興味につながり、将来大きなことを成し遂げる源泉となります。

四十年、五十年、六十年と長く人生をやっていると大抵のことには驚かなくなります。感動がなくなると興味もなくなってきて、もうそこからはノーベル賞は生まれません。驚かなくなるということは、半分人生が終わったということです。この坊やの驚き方を見ると、この子は、生涯この感動を忘れることはないでしょうし、いや、これを契機として動物学に興味を持ち、将来ノーベル賞をもらう学者になる可能性があります。うらやましい。

狸かとたづねて妻を怒らせし猫の絵皿にお供えを盛る

「狸じゃありませんよ、猫ですよ。分っているくせにわざと言うんだから」

「俺も猫だとは思ったんだよ。けれど、ひょっと見た時、あれ？　狸かなという気がしたもんだからつい口に出ちゃったんだ」

「狸の絵皿なんて作るわけがないでしょ。そういうことは思っても言わないの」

「ごめん、ごめん、以後、気を付けます」

「私もね、あなたに悪いことをしちゃったと思っているの。もっと長生きして面倒を見てあげればよかったと」

「俺もさ。（心からお悔やみ申し上げます、と言われる意味が分ったよ。（さぞかし、後悔なさっていらっしゃることがたくさんお有りでしょう）という意味なんだな。ホントにあれもしてやればよかった、これもしてやればよかったと後悔だらけだよ」

「そんな過ぎたことはどうでもいいから、私の分まで長生きしてちょうだい」

「うん、分った。これ、好きな巨峰だよ、食べてみて」

狸、おっと、又、怒られる。狸ではない、猫の絵皿に巨峰を載せて仏壇に供える。

魚魚魚魚魚潮噴く鯨魚魚魚魚魚

以前、漢字四文字の俳句があってびっくりしましたが、なんと、今度は漢字十三文字、そのうち同一文字が十文字と、ひらがな一字の俳句です。きちんと五、七、五、の俳句になっていますし、情景も目に浮かんできます。正に、ぎょ！　ぎょ！　ぎょ！　です。無数の魚と、驚きの感情を同時に表現しています。読者が驚いているのを想像して喜んでいることでしょう。

一頭の、或いは、たくさんの鯨が豪快に潮を噴いています。その周りには無数の魚が泳いでいます。鯵でしょうか、鰯でしょうか、鯖でしょうか、もう少し大きな鰹でしょうか。

中国では一つの漢字は原則として一つの読み方しかしませんが、日本では漢音、呉音、和音の三種類があり、四種類もあることがあります。そうした要因もあってか、漢字というよりも、日本文字の持つ奥行きの深さに驚嘆します。

ひらがな、カタカナの発明も素晴らしい文化です。世界に誇ってよいものでしょう。

大口を叩いた後の寂しさよ鮟鱇は風に吊られている

気の置けねえ同士が集まっていっぺいやっていたのさ。何がきっかけだったかよく覚えていねえんだが、ふとしたことから話がだんだん大きくなって、つい、大口を叩いてしまったんだ。その時は思っていることを思いっきりぶちまけたんで、腹んなかのものが全部吐き出されて、気持ちがすっとしたんだが、会合が終わって浜に出てみると、つめてえ潮風が顔に当たってさ、なんだかつまらねえことを言ってしまったかなあという気になったんだ。

ふと見ると、吊るし切りの鮟鱇が竿にぶら下がっているじゃねえか。そいつがよう、「おめえさん、みんなのめえで、大口を叩いていたが、俺の口ぐれえ、大きいかえ」と言うじゃねえか。俺は、鮟鱇の口を見たよ。そして思った。行きがかり上とはいえ、大口は叩くもんじゃねえ、と。大いに反省したね。そして言ったよ。

「鮟鱇さん、身をもって教えてくれてありがとうござんす」

老人と朝刊を読む春の蠅

我蠅も勉学にいそしみ、文字が読めるようになりました。ただ残念なことに、頁をめくることができませんので、人様の読んでいる時に便乗して読ませていただいております。大抵は追い払われてしまいます。〈人間の手がしつこいと思うハエ〉（藤高笠杖）は、多分、僕の気持ちを詠んだ川柳だと思います。

作者さんは、ひょっとして、僕が字を読めるのを知っているのかもしれません。一度も追い払われたことがないのです。漱石先生の猫は有名ですが、人間は馬鹿だと思っている犬の気持ちが分る人がいたり、烏勘三郎が、何を笑ったり鳴いたりしているのかと考える人がいたり、動物のことが分る人が多くなって嬉しい限りです。

アメリカの政治家で、政治面も社会面も、事件ばかりで面白くないので、いつも、スポーツ欄から新聞を読むことにしているという人がいました。我蠅も同じように考えていますです。ハイ。

ふらここ漕ぎ古き映画を思ひ出す

この俳句を読めば、ふらここはブランコのことだと分ります。その他、ゆさわり、ゆさぶり、しゅうせん、などの呼び方もあるそうです。この映画が、昭和二十七年封切りの志村喬主演、黒澤明監督の「生きる」とすぐ分る人は、かなりの年齢でしょう。この年に生まれた人が、今、六十七歳です。僕は、二十歳の青春真っ盛りでした。市役所に勤める定年間近の主人公が、癌を宣告され、これといった生き甲斐もなく平凡に過ごしてきたことを反省し、公園の建設に全力を注ぎます。苦労を重ねて、公園がようやく完成した日の夕暮れ、ブランコを漕ぎながら、ひそやかに歌うのが「ゴンドラの唄」です。

一、いのち短し　恋せよ乙女
　紅き唇　褪せぬ間に
　熱き血潮の　冷えぬ間に
　明日の月日は　ないものを

四、いのち短し　恋せよ乙女
　黒髪の色　褪せぬ間に
　心のほのお　消えぬ間に
　今日はふたたび　来ぬものを

（大正四年　吉井勇　作詞・中山晋平　作曲）

主人公の哀愁に満ちた歌声が黄昏の夕闇の中に消えていきます。涙を誘われる場面です。きっと、子供たちもみな家に帰って、誰もいない公園のブランコに揺られながら、この歌を口ずさんだのではないでしょうか。

それは、そのまま、いつかの僕の姿でもありました。この歌は、この映画によって再ヒットしました。表題のユーモアとは、かけ離れたところへ来てしまいました。老いたる者にとって、昔を思い出すことは楽しみの一つでもあります。しばし、感傷に浸らせていただきました。ご容赦を。

一説によると、ブランコ（日本のものと同じものかどうかは分りません）は、漢の武帝の長寿を祈って始められた〝千秋万寿〟の意味の遊戯で、それが〝秋千〟と逆になり更に鞦韆となったそうです。愚考するに、漢字は表意文字ですから、秋千では意味が通じません。それで秋千（中国語の発音は、ちゅうちぃえん）と同じ発音で意味の分る鞦韆（揺れ動くもの）となったものでしょう。

この冒頭にしゅうせんという言葉がでてきますが、これは、いつの時代か、漢文に詳しい人が中国語の秋千を日本読みにして使ったものと思われます。

かみそりを革のバンドで研ぐ音も聞かずになりて平成は過ぐ

この短歌の意味が分らない人がかなりいることでしょう。床屋さんの話です。理髪師は砥石で剃刀を研いだ後で、幅が六センチ、長さ六十センチぐらいの革砥で仕上げます。その時、剃刀を叩きつけるようにして研ぐので、ペタッペタッという音がしました。今は、替え刃で、使い捨てです。幅十ミリ、長さ五十ミリぐらいの小さなもので、とても精巧にできています。昭和の終わり頃には、殆んど、替え刃になったそうです。

小学三年の頃、頭を刈ってもらっている時、床屋のおじさんが、途中でバリカンを鏡の台の所へ叩きつけるように投げたのでびっくりしました。遊ぶのに忙しくて、頭をもじゃもじゃにしていた為に、うまく刈れないで、癇癪を起こしたらしいのです。とても怖かったです。

私は髭が固くて安全カミソリでもよく血を出します。電気カミソリができてほっとしました。いい床屋さんを探すのに苦労します。当区に引っ越した時です。四軒目でした。頭を刈り終わった若い男が、私と入れ替わりに、店を出て行くと、店主が、小さな声で何かぶつぶつ言っています。聞くともなく聞くと（あっち短くしろ、こっちは少し長くしろと文句ばかり言いやがって、こっちは何十年もやっているんだ、頭の格好を見りゃ、どう刈ったらいいか一目で分るんだ、まったく）というようなことでした。瞬間、これは大丈夫だと思いました。案の定、上手い刃あたりです。少しもヒリヒリしません。いわゆる職人芸。今は息子さんの代。親子二代、五十五年に亘ってお世話になっています。樹木希林さんが言っていました。

「私って職人が大好きなのよね」。ドーカーン。

八百万部刷られてくまなく全国に届きぬ歌壇の我が名と一首

八百万部ですか。すごいですね。大変なものですね。新聞の投稿短歌・俳句の頁を必ず読む人は六割ぐらいではないでしょうかね。それでも約五百万人。すごい数字ですね。映画でもですね、八百万人の人に見てもらえる映画はですね、そんなに多くありませんね。でもですね、短歌というのはですね、もっと純粋にですね、皆さんがですね、そんなことを考えずにですね、作っていらっしゃると思いましたですがね、新聞にですね、自分の名前がですね、載ることを楽しみにですね、作っていらっしゃるのですかね。それにしてもですね、大変な数字ですね、そう考えると私も短歌を作ってですね、投稿してみたくなりましたですね。いや、それでは映画の仕事がですね、できなくなりますからですね、やめにしましょうね。ハイ、では、サイナラ、サイナラ、サイナラ。

誰の口真似か、その名前を思い出せない人の為に言ってしまいましょう、最長年間テレビで解説を務めた映画評論家の、あの有名な淀川長治さんです。私が子供の頃から『映画の友』に執筆していました。楽しい映画解説でした。

「一年生になる子ら学校見に来たよ」もうすぐ一年になる孫弾む

七、八、五、八、七　どこまで字余りが許されるのか、実験台の様な歌ですね。自由詩に入るのでしょうけれど、なんとなく短歌として読めるところに、この短歌の不思議さがあります。それは、この歌に読者を楽しくさせるリズムがあるからでしょうね。

「おばあちゃん、今日ね、子供たち大勢、学校見に来たよ」

お孫さんの嬉しそうな顔が見えるようです。

「そう、今度、一年生になる子供たちだね」

「僕一人っ子だから、兄弟が欲しかったんだ」

「学校には、お兄ちゃんやお姉ちゃんが大勢いるじゃないの」

「でも、弟や妹も欲しいもん。それでね、先生がね、『新学期に入ると新しい一年生が入学してきます。弟や妹ができたと思ってみんな仲良くしてくださいね』と、おっしゃったんだよ」

「そうなの、いっぺんに大勢、弟や妹ができてよかったね」

「だから、ぼく、とても嬉しくて」

ダンスなど軟弱な男のすることと思っていしがやれば楽しき

日本には、盆踊りはありましたが、社交ダンスはありませんでした。明治初期の文明開化の時代に海外から輸入されたものです。明治十六年に、内外人の社交クラブとして鹿鳴館ができました。華族及び外国使臣に限って入会を許し、夜会、舞踏会、仮装会などが開催されましたが、ダンスは、日清戦争、日露戦争、第一次大戦、満州事変と戦時体制に入ったこともあり、「男女七歳にして席を同じうせず」ですから、一般社会に浸透するには至りませんでした。

かつて、昭和一桁という言葉が流行って、その特徴は、英語が喋れないこと、ダンスができないこと、出された食事は一粒残さず食べることだ、と言われました。僕はその一人としてこれではならじと、ダンスの練習に通ったことがあります。ライトターン、ライトシャッセ、レフトターン、レフトシャッセなど、一生懸命習いました。練習は厳しく、ワンレッスン終わると汗びっしょりです。

講師のご指導よろしきを得て、アマターメダルテストの二級を獲得しましたが、仕事が忙しくなり、その後、何十年も踊っていません。

ダンスと言えば何と言っても天才、フレッド・アステアです。ジンジャー・ロジャースと組んだダンスシーンは、いずれも素晴らしいものでした。先日、ふと、テレビでそれを見る機会がありました。黒のタキシードのアステアと、裾がふわりと広がった純白のロングドレスのロジャース。ワルツ、クイックステップ、ブルース、タンゴのステップを自由自在につなぎ合わせ、ロジャースが速い回転でアステアの腕の中にすっぽりと抱かれ、逆の回転で離れていくシーン、優雅、優美、上品、情熱、高尚、息の合った軽快なステップの連続に、思わずため息が出ました。最後の場面、オープンカーの席に踊りながらロジャースを誘導し、車の周りをグルッと回って、ステップに足をかけて、隣の席にすっと座ります。一挙手、一投足すべてが華麗なダンスです。批評家が神業と言ったのが分ります。

それはそれとして、区役所の広報掲載の会員募集で一番多いのが社交ダンスクラブです。高齢者が大勢楽しんでいるようです。貴婦人、とは言いませんが、老婦人が多く、男性老人は数が少なくて大変モテる、というお話です。一度、覗いてみたら、いかがでしょうか。一つ世界が広がると思います。

父親に平安時代の人口を聞くとしばらく話が続く

「平安時代がいつから始まったか知っているかい。七九四年、桓武天皇の時だね。一一九二年に源頼朝が、鎌倉に幕府を開くまで約四〇〇年続くんだね。その前の飛鳥時代が、六五四年の大化の改新から七一〇年まで、その年、元明天皇の時に奈良に遷都して平城京時代が始まった。平安時代の安定した政権の基礎はこの天武・持統天皇の時代に築かれるんだね。七一二年に『古事記』が完成する。これは女性の語り部の稗田阿礼が語ることを太安万侶が筆記したものであると言われているが、お父さんが学校で学んだのは、二人とも架空の人物であるということだった。ところが、何十年か前に群馬県で太安万侶の銘のある刀剣が発見されて、太安万侶は実在の人物であることが分った。一九七九年には奈良市で、お墓も発見されて、歴史の教科書が大きく変わった。今では、安万侶は文学的天才と学校で教わるそうだね。のちに、この刀剣が千葉県佐倉市の国立民族資料博物館に展示されたことを知ったので、お父さんは早速見に行ったよ。いつか行って見学したらいいと思うよ。

『古事記』三巻の完成によって、天皇家の地位が権威づけられて、国家が安定する。このことに最も大きく貢献したのは大化の改新の立役者の藤原鎌足の息子の不比等だと、お父さんは思っている。娘の宮子は文武天皇のお后となり、もう一人の娘は聖武天皇のお后、光明皇后になっている。一番大きな功績は天皇家が武力を直接持たないとしたことだった。頭脳明断、権力絶大。そのお蔭で藤原家は天皇家に続き、今日まで系統が絶えない。京都にお住まいの冷泉家はその流れだよ。千何百年前の膨大な古文書が保管されていて、歴史の宝庫と言われ、その虫干しの時にはアルバイト学生を大勢採用して大変な作業をしているらしいね。

平安時代は摂関時代と言われ、摂政・関白が政治を支配していて、その主な地位を藤原一族が占めていた。藤原純友・平将門が猛威を振るった時もあったが、これらを平定して藤原家は一〇〇〇年頃、繁栄の頂点に達し、藤原道長が有名な歌を残しているよ。

〈この世をばわが世とぞ思ふ望月の欠けたることも無しと思へば〉

権力は腐敗する例にもれず、その後は下降線をたどり、平家、源氏の武家勢力が台頭して、その名の通り平和で安定した平安時代も遂に終焉を迎えることになるんだね」

「で、お父さん、平安時代の人口は？」

「人口ね、う ーん、二十万人だったか、五十万人だったかな。この次、よく調べておくよ」

四月馬鹿こんなに信じてくれるとは

（あちゃー、これは弱った。どう言ったらいいだろう。日付をよく見て下さいと言おうか。困った、困った）作者さんは、多分、私と同じ人種だと思います。世間の人は、嘘や冗談を絶対に言わない、この上ない正直な人だと思っているのです。私にもこんな話があります。

前略、地震国大統領と称するグレイトアースクエーカーという人から、カセットテープが届きました。再生してみると、まるでべらんめー調のひどい訛りのあるエスペラントで聞き取るのに非常に苦労しました。私がエスペラントに通暁していることをどこからか聞いて、送ってきたものらしいのです。内容は、政治に関する意見のようなもので、なるべく忠実に本人の言っていることを日本語に翻訳しておいたものです。そのコピーをお送りします。お暇な時にお読みください。(平成十年某月某日)

この手紙に添付して、日頃親しくしている会社の顧問税理士さんに翻訳文なるものをお渡ししましたところ、数日して、「録音テープの中身、とても面白かったよ。ところで、あんたにこのテープを送ってきたのは一体誰なんだろうね」という電話がかかってきて、え！　え！　え！　何！　と驚いてしまいました。少し英語が分る人なら、グレイトアースクエーカー氏だけで、冗談と分ると思っていましたから。

私はエスペラントなんか一語も知らないし、ましてエスペラントのべらんめー調など解るはずもありません。世間一般、私は冗談など一言も言わない馬鹿真面目、馬鹿正直な人間と思われていることを知ってびっくりしました。エイプリルフールを信じてくれる人がいて、びっくりした作者さんの気持ちがよく分ります。

絶対に嘘をつかない人間と思われているのはいいことなのかどうか考えてしま

いました。有り難いような有り難くないような、おかしな気分でした。

お分りの通り、上記の手紙文も、テープの翻訳なるものも私の創作で、四月一日作です。と、いうわけで、以前の評も以後の評も、眉に唾をつけてお読みください。

この項は、ここで終わるべきなのは分っています。書き続けるのは馬鹿正直の証明のようなものです。でも、テープの中身（地震国大統領の話）をお知りになりたいと思う人もいらっしゃるかもしれないと屁理屈をつけて書くことにします。

実は、翻訳文なるものの一部をここに載せようと思ったのですが、二十年以上前のことですからどうしても原稿が見つかりません、要旨は比較的真面目で、毎年、多額の国家予算に計上している全然、当たらない地震予知研の研究費を全廃して発生後の被害者救済に充てるべしというもので、地震国大統領の口を借りて叙述したべらんめえ調の大論文であります。

これがなんと、著名の学者に認められるところとなりました。平成二十八年には、新進気鋭の論客、千葉大の神里達博教授が、『地震予知のリスク　予知より「備え」に智恵を』と題して「人命を救うという観点に立てば、地震発生を前提とした耐震性の向上や、避難に関する研究や知策のための予算をより重視すべし」と主張され、二十九年には、元東大教授の地震学者のロバート・ゲラーさんの「日本政府は地震予知ができないことを認めるべきだ」と題した論考が英国科学誌ネイチャーに掲載されました（いずれも朝日新聞より）。

と、いうような後日談があったというわけなんであります。

空からも詐欺の注意を呼び掛けて県警ヘリ飛ぶ田植えの季節

「皆さーん、こちらは県警本部のヘリコプターです。オレオレ詐欺の被害は一向に減少しません。電話がかかってきて、少しでもおかしいなと思ったら、いったん電話を切って、家族に知らせるか警察に電話してください。くれぐれも、電話の中身をそのまますぐ信じないようにお願いしまーす」

（近所の田んぼはみんな田植えを終えて、終んねーのは、おらちだけだ。おらによばわってんだべか。おらえにはそんな金はねえからしんぺえねえ。大丈夫だー

って怒鳴ってやっぺか。聞こえねべけんどよ）

おれおれ詐欺が始まって何十年になるのでしょうか。毎年、何百億円だそうですね。おったまげーるような金額です。取られた人には気の毒ですが、日本てお金持ちなんだなあって思ってしまいます。それで思い出しました。詐欺でなくて、スリのお話です。

ヨーロッパのある国に十数人で旅行した時のお話です。ガイドさんが「この国にはスリが多いです。それも、二人以上、五、六人の集団スリで、殆んどが家族です」と言って、スリの手口を数件、ていねいに解説してくれました。路上ぶつかり法、ダンボール囲い込み法、前後押し付け法など。旅行を終わってみると、ガイドさんがあれほど注意をしてくれたにもかかわらず、見事にその解説通りに三人がスリに遭っていました。もう、完全なプロです。三人目は、ホテルのエレベーターの中です。被害者は、そんなに混んではいないのに、強く押し付けてくるので変だとは思ったと言うのです。パスポートも、なくなっているので、大騒ぎになりました。幸い、パスポートはフロントの窓口のそばの電話ボックスの中の電話器の上の棚に置いてありました。お金は頂きますが、ご迷惑はおかけしませんとでも言うように。

この国は、数年続けて失業率二十％を超えていました。それでも経済は安定していて、デモも暴動も起こりません。海外からの観光客は、ネギをしょったカモに見えるのでしょう。公表できない隠れたる収入がＧＤＰを押し上げて、国家経済を支えているのではないかと推測しました。国家の名誉の為に国名は差し控えさせていただきます。

〈詐欺電話無視しましょうの放送がリンゴの摘果の畑に流れる〉

休憩後に肥料袋は凹みおり陽気な妻の尻の形に

〈煮大根フラダンスして妻妖し〉という句がありました（21頁参照）。私の評の馬鹿々々しい（いや、マジメな）句が〈フラオドルツマノオシリノミリョクカナ〉でした。古今を通じて有名な大哲学者の随筆の中に「男性にとって、この世で最も美しいものは女性の裸体である」という言葉がありました。全人類を代表して、洋の東西を問わず美の追求者であるすべての画家が、その最も美しいものを描く理由が分りました。百万部を超える五味川純平のヒット作品『人間の條件』の主人公の梶が、召集解除を取り消されて出征する前夜、妻の美千子に、着ているものを脱いで窓のそばに立ってくれ、と死を覚悟して言います。二度と会えない最も美しいものを目に焼き付けておきたかったんですね。哲学者の言葉が真実味を帯びています。

〈山笠や男の尻の見せどころ〉

男もひとこと言わせてもらいますよ。

断りもなく庭に住む野蒜から店賃分を夕餉に徴す

野蒜さん、土地の所有者の私に無断で、契約書も交わさずに、入ってきて、こんなにどんどん増えてきちゃ困るな。不法侵入だよ。夏に、きれいな花を咲かせてくれるので、まあいいかと思って我慢していたが、固定資産税はかかってくるし、手入れをしたり、色々費用もかかるので、店賃分を払ってもらいたいんだ。夕食のおかずが少し足りないから何本か抜かせてもらうよ、いいね。

野蒜＝ユリ科の多年草。山野に生え、高さ約六十センチ。全体にニラのようなにおいがする。球形の鱗茎から管状の葉を出し、夏、花茎の先に白紫色の花や、その変化したむかごがつく。鱗茎や若葉を食用にする。ぬびる、ねびる、ひる。

「季　春、花　夏」

〈振り向けば土塊（つちくれ）躍る野蒜かな〉

無駄にする時間　も少し欲しいから無駄になることとしてる暇ない

この句は非常に難しい句です。何故かと言えば、私を含めて、普通の人は、何が無駄で何が無駄でないか分っていません。例えばセールスマン、同じ一日八時間働いて成績のいい人とそうでない人が出ます。成績の良くない人は無駄な時間を使っているのです。困ったことに何が無駄なのか分っていません。それで、大の男が、チコちゃんに「ただ、ぼーっと（無駄に）生きてんじゃねーよ」と怒られてしまいます。

作者には、それがちゃんと分っています。無駄なことばかりしていたんでは、無駄なことをする時間が持てません。無駄なことをする為に無駄なことをしている暇はないのです。無駄にする時間とはどういうものか、お分りになっている作者は凄いと思うのであります。作者は大学の哲学科のご出身では。

柴又に風鈴鳴れば冷酒酌む渥美清と笠智衆なり

「午前様、こんにちは」

「おう、寅か、まあ、入りなさい」

「おや？　昼間からいっぱいですか、午前様も隅に置けないねえ」

「まあ、いいからお入り」

「あっしも、いっぱい頂いていいですか」

「ああ、いいとも、自分で注いで飲みなさい」

「うまい、やっぱり、夏は冷(ひや)に限るね。風鈴がチンチロリンだ」

「お前さんは、よく騒動を起こすが、おいちゃんと喧嘩ばかりしてはいかんよ」

「向こうから喧嘩を売ってくるんですよ、売られた喧嘩は買わないわけにはいかない」

「理屈は言わんでよろしい。とにかく仲良くやんなさい」

「しかし、柴又はいい所だなあ、江戸川土手の芝生が広々として何とも言えないねえ、どこでも寝そべる所があるしさ」

「うん、それで、寅も旅に疲れると、ここに帰りたくなるんじゃろ」

「それに、なんだってね、このあたりが、『文化的景観』とやらに選ばれたっていうじゃねえですか」

「お前さんも、たまにはニュースを見るんだな。『葛飾柴又』として国に選定されたようじゃよ」

「あっ、山田監督が来た。撮影が始まるらしい、すぐ、行かなくちゃあ」

「うん、わしは、今日は出番がない、早く行きなさい」

〈薫風や颯々たりし笠智衆〉

このお菓子好物やねんお土産に何を上げてもそう言うおばちゃん

あらっ、あたしのことが歌になっているわ。有名になっているみたいね。でもね、本当なのよ、単なるお世辞じゃないの。お菓子好きの私は、色々変わったものが食べたくて、旅行に行くとそこの美味しそうなお菓子を買って帰るの。それだけじゃなくてね、デパ地下に買いに行くの。有名店のものは大抵売っているし、時々、物産展なんかやるじゃない、その時は必ず行って、珍しい物を買ってくるのよ。この間はね、高知県のお土産をもらったのよ。これは初めてでしょうって言われたけれど、高松に、次男の嫁の実家があって、盆暮れにお姑さんが四国名物のお菓子を送ってくれるの。それで食べたことがあるのよ。只ね、あたしがそう言うのは母親の影響もあるかもしれない。子供の時に母親にね、「三度の飯はまずくとも褒めて食うべし」って言われたのよ。その時は、（ええ？　まずくても美味しいって言うの？）って思ったけど、これは、いつも感謝の気持ちを忘れてはいけないっていう教えだと思うの。感謝って大事ですものね。

停車してくれし車に手を振ればクラクション鳴り走り行きたり

高度経済成長期の頃は、誰も忙しいし、車優先の時代でしたから、横断歩道で、歩行者に停車してくれる運転手なんかいませんでした。信号のない所では、車が数珠つなぎになって、いつ渡れるか分りません。作者さんにはそうしたご経験がおありなのでしょう。

中国に何度か旅行をしました。北京、南京、上海、西安、成都、重慶、どの大都市も人と車でいっぱいです。信号も有って無きが如し。車の中を人が泳いでいるのか、人の海を車がのろのろと走っているのかという状態でした。今は、少しは良くなったでしょうか。

昭和三十五年秋、社長のお供でアメリカに出張しました。途中、ハワイに泊まりました。日航はアメリカ本土まで直行できません。ハワイに行くにもウェーク島で給油しなければならない時代です。空港は軍事基地ですから乗客は降りることは許されません。数時間、機内待機でした。それはそれとして、ハワイに着いて横断歩道で待っている時でした。右側通行ですから、左側から来た車（もちろん大きな外車です）がピタリと止まりました。その後ろから来た車も当然止まります。僕は理由が分らず周りを見回しましたが誰もいません。運転手が歩道を渡るように手で合図しました。ようやく事情が呑み込めました、僕一人の為に車を停めたのです。アメリカ着地第一歩は好印象でした。この点に関する限り、日本はアメリカに追いつくのに五十年を要しました。

（ダイヤモンドヘッドの見えるワイキキ海岸にある日本人経営のカイマナホテルに泊まりましたが、浜辺を歩く日本人観光客は一人もいませんでした）

真中をゆっくり下ろし両肩を脱がしてコンビニのおにぎりを食む

　このおにぎりを食べたことのない人の為に説明すると、おにぎりを包んでいる海苔が二重の薄いビニールフィルムに包まれていて、おにぎりのてっぺんに小さなつまみが二つあり、それを前後にゆっくり下におろして切り離し、底辺の両側のビニールの耳を上に引っ張り上げて、両肩を脱がすと海苔がご飯をうまく包むように工夫されています。ビニールをはがすまで海苔がご飯にくっつかないのです。これを考えた人は素晴らしいですね。おにぎり屋さんの職人さんが、お客さんに、おにぎりをどうしたら美味しく食べてもらえるか寝ないで考えた成果だと思います。睡眠不足になったのではないかと心配しています。最近、少なくなった日本人の繊細な思いやりを感じて嬉しくなります。考案者さん有り難う。

　この歌は歌道の本流からは離れるのかもしれませんが、面白くて楽しいです。面白いということは、人生、大事なことだと思います。

今朝の空不機嫌だから傘持って行けと言う妻詩人の如し

誰でも、傘は邪魔になるので、なるべく持ちたくないです。ですから、今日の天気は危ないな、と思いながら、傘を持たずに家を出て、〈あきらめて夕立のなか走り出す〉（41頁参照）というような後悔に満ちた残念な経験をさせられるか、またまた（多分）、もう一本傘を買わされる羽目に陥ります。「今朝の空不機嫌だから」は、うまい言い方ですね。

「降りそうだから、傘、持って行ったら」と言われると、つい、「大丈夫だよ」と言ってしまいそうです。

不機嫌だから、と言われると、（そうだな、持って行こうか）となるようです。

午前中は、もった空も、午後から不機嫌が爆発し、会社を出る頃は本降りです。

無駄な傘を買わずに済みました。詩人の奥さんに助けられました。

詩人の勘は鋭いです。作者さんも素直で、夫婦円満、めでたし、めでたし。

今日何を食べたのと問う母からの電話もうすぐ鳴る八時前

何食べたの？　とか、何食べたい？　と聞いてくれる人が居ることは、ものすごいではなくて、ものすごく幸福な人です。作者さん、うるさいなどと思ってはいませんよね。素直そうだから、母親って有難いなあと思っていますよね。

幸せな人も、幸せでない人も自分では分らないことが多いものです。自分だけではなくて他人にも分りません。でも、作者は幸せな人です。

会社から帰って、夕食の支度をして食事をして、新聞を読んでいると、もうすぐ八時です。間もなく、母親からの電話が鳴るなあと待ち構えています。内容は決まっています。今日は何食べたのって聞くんです。時々、うるさいなって思う時もあるけれど、一人暮らしの私のことを心配して掛けてくれるんだなあと思うと、有難いと思います。それに母親でなければこんな電話掛けてくれませんものね。何食べたか忘れてしまうことがあるんです。まだそんな年でもないのに若年性認知症かなって心配になります。そしたら、テレビで、お医者さんが「何を食べたか思い出せないのは心配ありません。誰でもあることです。食べたか食べなかったかを忘れてしまうことは問題です」と、言っていました。そういうことは無いので、安心しました。

どうせなら楽しく介護しようかな籠野鳥子と改名をして

高齢化社会はまだ進みそうですから、要介護者は、ますます増え、それを介護する人も増えてきます。作者さんも、その一人になってしまいましたか、ご苦労様です、頑張って下さい。〈「汝が妻を介護してみろソクラテス」唱へてけふの苛立ち解（ほぐ）す〉という歌がありました（65頁参照）。（癌と認知症を併発した要介護5の患者を介護してみろ）と、作者は大哲学者を罵倒することで、少しは気持ちが楽になったようです。私も四十年前に父が脳梗塞で倒れ右半身不随になりました。なんとか家の風呂に入れてやろうと思い、裸になって抱いて入れようとしましたが、「あ、痛えてて、そっちじゃね、こっちだ」と大騒ぎになり一度でやめにしました。今では公的巡回風呂制度ができて便利になりましたが。

皆さん、介護の苛立ちを、いかになくすか、知恵を絞って、ソクラテスの名前を借りたり、改名を考えたり、工夫を凝らして涙ぐましい努力をなさっています。同じ立場の人たちが集まって話し合い、慰めあう為に、「全国籠野鳥子連絡協議会」の設立など、どうでしょうか、山本太郎に会長になってもらって。私は訪問看護を受ける身ですが、賛助会員として、いくばくかの会費を払う用意があります。

「かごのとり」が出てきましたので、「籠の鳥」の歌詞を書きます。

あいたさ見たさにこわさを忘れ　暗い夜道をただ一人
あいに来たのになぜ出てあわぬ　僕の呼ぶ声わすれたか
あなたの呼ぶ声わすれはせぬが　出るに出られぬ籠の鳥
籠の鳥でも智恵ある鳥は　人目忍んであいに来る

〈筋力がなければできぬ介護職少しきたえるダンベル五キロ〉

笑いごとではありません。

めずらしく寝スマ本本スマ寝本いつも寝スマ寝スマスマ寝

また、変わった短歌が出てきました。短歌界は進化しているのでしょうか、退化しているのでしょうか。多分、変化しているのでしょう。ＪＲの、ではなくて、私鉄の、でもいいのですが、誰でも目にする、電車内風景です。解説するまでもなく、

寝＝居眠りしている人

スマ＝スマートホンを見ている人

本＝本を読んでいる人です。

昔は本を読んでいる人が七十〜八十％でした。日本人は勤勉でした。そこで身に着けた学力が日本経済を発展させてきたのです。いえ、本当です。名前は忘れましたが、或る偉い学者がそう言っていました。

今は、それがスマに変わりました。本を読んでいる人はあまり見かけません。

電車のドアからドアまで七人座ります。珍しくも、その七人のうち三人が本を読んでいたのです。珍しくも。俳句は観察から始まると説いたのは正岡子規ですが、

短歌も観察が基本です。外的なもの、内的なものを深く、鋭く、広く。車内風景も観察により、短歌になることを知らせてくれました。作者に感謝。一説によると、日本人は優秀なので、スマホを流行らせてその知的レベルを下げようというのが、或る先進国の陰謀だそうです。本当です。名前は忘れましたが、或る偉い学者がそう言っていました（二回も同じことを言うと嘘っぽくなるなあ）。

〈電車内にて文庫本読む人が居た絶滅危惧種を見る想いなり〉

ここにも、日本人の知的レベルの低下を心配する方がいらっしゃいます。上記の三人がいなくなるとスマ一色になりそうです。

落語家は美人を見るとトチルと言う今日は大丈夫と皆を見る

あっしも落語家の端くれなんですがね、言われてみると思い当たるんです。一度やっちゃったんですね。すごい美人が客席の前の方にいましてね、始めた時は気が付かなかったんですが、気が付いた途端、トチっちゃったんですよ。いやー何とかごまかしましたが、冷や汗ものでした。それからは始める前にずーっと客席を見渡しまして確かめることにしています。その心境を作者さんに見破られて歌にされてしまったという訳ですな。サラリーマンにもあるそうじゃないですか。事務所に絶世の美人の来客があって会計さんが、そろばんを間違えたなんて話を聞いたことがありますよ。ところがですよ、この話を「枕」でやっていて、ついつい、「今日は大丈夫の様ですな」と、口に出してしまったんですよ。しまったと思った時は、遅かりし由良之助、客席の様子を窺いました。

（そうかい、あたしは、町一番の美人だと評判の娘なんだ、それを認めないってんだね、分ったよ、そんな落語は聞きたくない。ハイさよなら）てな顔をして出て行く女性客がありはしないかと心配になってね。大体、綾小路きみまろがよくないです。

ソース減りソース無くなりソース買う人生どこかその繰り返し

私は七十歳過ぎまで、冷蔵庫を開けたことがありませんでした。男子厨房に入るべからず、の時代の人間ですから。それでも珍しいかもしれません。男でも、会社から帰ると先ず一杯というので、冷蔵庫を開けてビールを取り出すでしょう。私は下戸で、それがなかったのですね。独身生活になるとそうはいきません。烏の鳴かぬ日はあれど、冷蔵庫を開けぬ日はありません。昨日も、ソースがなくなったので、スーパーで買ってきました。

この歌は、一見、ソースでなくても卵でも、醤油でも、ジュース、野菜、砂糖、三音のものであれば何でも取り替えていいように見えます。確かに入れ替えてみるとどれも成り立ちます。（卵減り卵無くなり卵買う……）ところが、どっこい、後に人生とくると、これがソースでなければならなくなるのですね。

何故かと言われても簡単には説明不可能なのです。ニュースソースという言葉があります。ニュースのみなもと、という意味で、日本人にとっては、調味料のソースとこれは一緒だからと言うのは少しこじつけになります。どこが人生の繰

り返しかと言うと、
笑い減り笑い無くなり笑い観る人生どこかその繰り返し
涙減り涙無くなり涙でる人生どこかその繰り返し
憂い減り憂い無くなり憂い生まる人生どこかその繰り返し
お金減りお金無くなりかね稼ぐ人生どこかその繰り返し。

なお、食べるソースとニュースソースのソースは英語のスペルが少し違うだけで、発音も似ていますが微妙な相違があります。私は聞いても聞き分けられませんが。ご存知とは思いますけれども念の為。

父になる覚悟でネクタイ強く締め

これは女性にはちょっと分らない心境かもしれません。作者は、製造業を営む或る中小企業の経理課の係長をしています。少し気の弱い所があって、いつも、怖い社長の言いなりになっています。今朝、妊娠中の妻から、来週中に生まれそうだ、と聞かされました。そうか、いよいよ俺も父親になるか、これは、おちおちしておられんな、と、ネクタイをぎゅっと締めて出勤しました。現場の責任者に連絡事項を済ませて事務所に戻ろうとすると、向こうから社長がやって来て何か言われました。作者が毅然とした態度で、何か言うと、社長は、お、お、お、なんだこいつ、いつもと違うなと言わんばかりの格好で現場の方へ行ってしまいました。作者は、これでいいんだ、という顔つきで事務所に入って行きました。どんな会話があったのか、私には分りません。後で聞いてみようと思っています。

蟻の列空を見上ぐることありや

我々、蟻は勤勉の代名詞のように思われていますから、空を見上げて感慨にふけるなんてことはありません。一年三百六十五日、働き詰めに働いています。作者さんも、見上げることがあるんだろうか、と言っていますが、心の中ではないだろうなと思っています。我々に同情している気持ちが読み取れます。

それでいいんです。我々は生活の為もありますが、地球清掃隊の一員として人類に奉仕しているという自負があります。この世に蟻が居なかったら、昆虫の死骸でゴミだらけになるだろうと言ってくれた学者さんがいました。これでも、人間界のことはよく知っているのですよ。例えばこの歌です。

見上げてごらん夜の星を　ぼくらのように名もない星が
ささやかな幸せを祈ってる　手をつなごうぼくと追いかけよう夢を
二人なら苦しくなんかないさ　見上げてごらん夜の星を
小さな星の小さな光が　ささやかな幸せをうたってる

飛行機事故でなくなった九ちゃんが歌ったことも知っていますよ。

納豆のパックをひらくつかの間を糸は浮世絵の雨になりきる

納豆のひく細ーい糸から浮世絵ですか。その発想の凄さに脱帽です。歌川広重の東海道五十三次の「庄野」。銀色とも見える白い細い線で雨の様子が描かれています。言われてみると、なるほどな、と思います。歌人の持つ鋭敏で繊細な感性には敬服のほかありません。僕も納豆が好きで、時々食べますが、ふたを開けて、その雨にやんでもらう為に、伸ばしたり、ちぢめたり、くるくる回したり、忙しくて浮世絵になど思いも及びません。

納豆と言えば、昨今、諸外国で、健康食にいいというので愛好者が増えているそうです。特にパリの市民に好評で、販売数量の伸びがトップだそうです。パリ市民と納豆、なんとも面白い組み合わせだと思いませんか。納豆メーカーが日本の輸出振興に一役買っているのです。感心するのはあのにおいを消したことです。それが大きく貢献していると思います。日本人でもあのにおいの為に納豆を食べない人が大勢いたのではないでしょうか。においと色は消せないと言われていましたが、遂に消す技術を開発しました。通産省は、その技術者を表彰すべきだと思います。フランス人が日本に来て、お土産に買うものがもう一つあるそうです。靴下の先が指なりに五本に分れているものです。これも健康にいいという触れ込みです。私も利用しています。これはもうフランスで作り始めているかもしれません。

大きなる冬瓜尻目にイノシシは瓜を食べぬ小さき金色

また、イノシシに荒らされた。大きい冬瓜（とうがん）の方には目もくれずに、値段の高い小さい方の瓜を食っていきやがった。憎らしい奴だ。イノシシのくせに味が分るらしい。

私の実家は茨城県の田舎で、夏休み、冬休みにはよく泊りがけで行って、農家の手伝いなどをしました。瓜に二種類あって、漬物にする瓜と果物に近い瓜です。後者は金色をしていましたのでキンコ瓜と言いました。最近の瓜は、どこの県のものでも味が甘くなってとても美味しいです。先日、友人から「茨城瓜」の名称のものが贈られてきました。驚いたことに、表面がメロンそっくりの網目がついていて、味もメロンにとても近いのです。これはキンコ瓜よりも、かなり高価なのではないかと思いました。農家も付加価値を高める為に努力をしているのだなあと思いました。

イノシシには皆さん悩まされているようです。前に、〈猪垣(ししかき)に掛かる突進無用札〉というのを採用させていただきました（57頁参照）。効果はあったでしょうか。

我が腕にドスンと腕が落ちてきて寝息の妻ともう四十年

友人五人で山に行った。草原が続いている。草津高原か安達太良高原だった。もうケーブルを降りてから二時間ぐらい歩いた気がする。この辺で一休みしようと、ビニールシートを広げ五人で横になった。秋の空は青く澄み渡り、風もなく爽やかな高原気分に浸っていると、つい、うとうととしてしまった。すると突然、何かが右の腕の上にドスンと落ちてきた。びっくりして目を覚ますとあたりは真っ暗だ。なんだ、夢だったのか、しかし、腕に痛みを感じる。夢の中のことなら痛みはない筈だと思いながら、気が付くと、落ちてきたのは古女房の腕だった。すやすやと気持ちよさそうに寝入っている。あと十年で金婚式か、長い付き合いだわい。

夢の長さは、偉い学者先生によると、随分長い夢を見たと感じても、長くても一秒、大抵は一秒未満なのだそうです。ちょっと信じられませんが。

人間の脳は、ものすごい量の記憶を詰め込むことができます。その記憶をもとにした或る脳神経の働きが光と同じ速さの秒速三十万キロで脳内を走り夢となるらしいのです。その速さは電気と同じ、三時間の夢が一秒以下になります。それで中国ではパソコンのことを電気の脳、電脳と言います。

温暖化大量捕獲にほそりゆく秋刀魚を知るや佐藤春夫は

この歌は、皆さんお感じになっていらっしゃるように、ユーモア評で採り上げる歌ではなく、もっと、深刻な問題を含んでいます。佐藤春夫が出てきましたので採り上げることにしました。

先日、スウェーデンの女性環境活動家のグレタ・トゥンベリさんが国連で、各国政府代表を前に必死に、環境問題を訴えました。

「若者たちはあなたたちの裏切りに気付き始めている。私たちを見捨てる道を選ぶなら絶対に許さない」

この演説を機に、世界各国で日本を含めて、総数五百万人に及ぶ学生デモが行われたそうです。

地球温暖化は、秋刀魚が捕れなくなるだけの話ではなく、人類にとって、最大にして、最も緊急の問題になっています。それはそれとして、脇に置いておく問題でないのは分っていますが、まあ、ひとまず、脇に置いておいて、佐藤春夫に戻りましょう。

大正十一年、二十九歳の時に、「秋刀魚の歌」という詩を発表しました。この詩が、なぜか大評判になりました（私は、まだ、生まれていませんが）。今でも、秋刀魚と言えば、作者のように佐藤春夫を思い出す人は多いと思います。しかし、その詩を全部読んだことのある人は少ないのではないでしょうか、それで、冒頭部分を左記に引用します。

「秋刀魚の歌」（佐藤春夫　明治二五～昭和三九年）
あはれ秋風よ情（こころ）あらば伝へてよ
男ありて今日の夕餉（ゆふげ）にひとり
さんまを食（くら）ひて思ひにふけると。
さんま、さんま
そが上に青き蜜柑の酸（す）をしたたらせて
さんまを食ふはその男のふる里のならひなり。

この後に、人妻に対する報われない愛の思いが連綿と続き、この約倍くらいの量に達します。その終わりの方に、「さんま苦いか塩っぱいか」という人口に膾炙した有名な一節があります。この言葉が日本中を旅して多くの人の頭に刻み付けられました。私の頭にも。それで、秋刀魚というと、佐藤春夫が浮かんできます。

佐藤春夫は、谷崎潤一郎と不仲になりますが、やがて、谷崎の了解のもとに佐藤は谷崎夫人の千代と結ばれます。随分昔のことながら、有名な事件ですので、ご存知の方も多いと思います。この詩は、佐藤の偽らぬ心情の告白とも言えるのでしょう。恋の話はいつでも人の心を惹きつけます。

「さんま苦いか塩っぱいか」人生苦いか塩っぱいか。

蓑ゆすりみのむし蟻を追ひ払ふ

またまた蟻の句です。ですが、今度は主役ではなくて脇役です。

冗談じゃないぜ、アリさん達よ。俺がじっとしているからって死んでいるわけじゃないぜ。大勢で寄って、たかって俺を巣に運び込もうってのかい。やめてくれー。俺はちょっと疲れたから休んでいただけで死んでるんじゃねーぜ。

頭に来た蓑虫は、ぶるぶるぶるっと、体中の蓑を震わせて蟻どもを振り払いました。それでも蓑の端にしがみついている蟻が何匹か、います。昔、まだ、羽根を動かしている蝉を、運ぼうとしている蟻の集団を見たことがアリます。蟻さん、地球の掃除人にしても、それは、少しゆきすぎですよ。

孫娘にお尻ふいてと頼む父あいよと答える其れが我が家よ

このような三世帯同居家族の和やかなほほえましい家庭風景が日本のどこにでもありました。今は滅多に見られなくなって、珍しくなりました。おじいちゃんが「お尻拭いて」、孫が「あいよ」。うらやましくも、のぞましい家族関係です。ここには介護問題も起きそうにありません。籠野鳥子に改名する必要もなさそうですし、ソクラテスに毒づかなくて済みそうです（65・98頁参照）。おばあちゃんもいるので、ぐにゃぐにゃの赤ちゃんを育てるのに、そんなに苦労しなくて大丈夫そうです。このような風景を取り戻したいものです。

「おじいさん」車掌の声にはっとして俺のことかとあたり見渡す

日本語は簡単で素晴らしい言語だと称賛している外人さんがいました。え？簡単？と、びっくりしました。理由はこうです。

私が、私の、私を、私に。「私」という言葉を一つ覚えれば、後ろに助詞を付けるだけで、主語にもなり目的語にもなる。英語その他の言語はそうはいかない。別々の言葉を覚えなくてはならない。アイ（I）、マイ（My）、ミー（Me）。行く、行かない、行った。「行く」という言葉一つ覚えれば、活用語尾を変えるだけで、色々な言葉が言える。英語だと、go, do not go, went と、違う単語を覚えなければならないと言うのです。

ふーん、成程と感心してしまいました。ところが、そう簡単ではないことがあって日本人でも困るのです。その一つが、人称代名詞です。例えば、一人称は、前述の私（わたしとわたくしの二通り）に加えて、ちょっと思いつくだけでも、僕、俺、自分、てまえ、わがはい、わちき、わし、おいら、おいどん、われ、拙者、このほう等。学者が調べたところ四百以上もあるそうです。あなた、君、あんた、おまえ、そなた、の二人称もたくさんありそうです。おまけに敬語と丁寧語があって、それに、さん、様、殿が付きます。

こんなに沢山ありながら、いざ、使うとなると適当なものがないのです。車掌さんも困りました。例に挙げた二人称のどれも変です。さんをつけても使えません。仕方なしに「おじいさん」と呼びかけました。

呼びかけられた人は思いました。

おじいさん、か。参ったな、まだ六十四だよ、現役で働いているんだよ。杖を突いているわけじゃなし、腰が曲がっているわけでもないよ。髪の毛だって一、二本は白髪があるが真っ黒だよ。おじさんならまだしも、おじいさんは、ちょっと、ひどいぜ。初めてだよ、そう呼ばれたのは。おじさんと呼ぶには、抵抗があったのかなあ。昔の歌に「村の渡しの船頭さんは今年六十のお爺さん」というのはあったけどなあ。はたから見るとそう見えるのかなあ。自分だけ若いつもりでいてもしょうがないか、来年からは年金ももらえるし、まあ、あんまり気にしないことにしよう（ギョエテとは俺のことかとゲーテ言い）。

藤村の知らぬ千曲や秋出水

台風十九号による千曲川の氾濫で、大きな被害に遭われた方々に対しましては、どのようにお慰めしてよいのか言葉もありません。

地下、或いは天上でお眠りになっている藤村さんには想像もできない災害でした。千曲川と言えば藤村。有名な詩を思い出します。青春の愛唱詩でした。

千曲川旅情の歌（明治三十八）島崎藤村「落梅集」

小諸なる古城のほとり
雪白く遊子悲しむ
緑なす繁縷は萌えず
若草も藉くによしなし
しろがねの衾の岡邊
日に溶けて淡雪流る

（繁縷（はこべ）は、『落梅集』には、繁にも縷にも、くさかんむりが付いていますが、縷に草冠の付いた字が見つかりませんので、常用漢字を使用しました）

秋刀魚と言えば、佐藤春夫を思い出す人が居て、千曲川と言えば島崎藤村を思い出す人がいます。文学というものは凄いものだなあと思います。「スマスマ寝寝スマスマ寝」ではなくて、「スマ本本寝スマ本寝」ぐらいには、なってほしいものですねえ（１００頁参照）。

跳び箱の尻残りたり秋の空

跳び箱に失敗すると、うーん残念と、空を見上げます。ですから、いつでもそこには、春、夏、秋、冬、四季の空があります。でも、やっぱり、体操は秋ですね。澄み切った秋の空に笑われてしまうのです。

私も尻もちばかりでした。しかし、探求心旺盛で、研究熱心な私（意外と思われるでしょう、子供の時はそうだったのです）は、遂に、先生も教えてくれなかった跳び箱成功の秘訣を発見しました。失敗ばかりの作者さんにそっと無料で教えてあげましょう。大事なのは、手を突く位置なのです。助走をつけて、踏切板を、両足をそろえてポンと跳ぶ時に、水泳の飛び込みの時の要領で、体をほぼ水平にして、跳び箱の真ん中へんに両手を突いて、えいっと、跳べば、簡単に成功するのです。失敗するのは、手を突く位置が手前三分の一のあたりに突いているからなのです。その少し先に手を突くのですよ。そのちょっと先が、なかなか勇気がいるのですね。目標をいつも少し先に置く。人生すべてにそれは言えそうです。武者小路実篤だったと思いますが、こう言っています。

「僕はもう一歩進めばものになるという希望をいつも持っている」

ナポリへと妻は旅立つ文庫本片手に我は通勤電車

「戦後強くなったものは女性と靴下」という言葉が流行った時がありました。靴下と言えば、女性の場合、ストッキングです。丈夫なナイロン靴下が発明される前は、薄い生地ですから傷つきやすく（伝線と言っていましたね）、それに高価でしたから、そのまま、はいている人をよく見かけたものでした。

俺も一緒にどうかって誘われたんだけど、仕事は忙しいし、それに十日も有給休暇の申請は出しにくいし、一人で行って来いよと言ったら、あっさり、それじゃそうするわって簡単に出かけちゃったよ。趣味の会の友達同士で誘い合わせて何組かの夫婦で一緒に行くらしいんだが、パスポートはいつ取ったのかなあ。女もカッコよく旅立つ時代になったよ。

万智さんの歌に〈旅立って行くのはいつも男にてカッコよすぎる背中見ている〉というのがあったなあ。ご主人の海外出張で、成田空港まで見送り「じゃあ、行ってくるよ」って、颯爽と検査場に入って行く後ろ姿を見ていたのだろうか。俺はこの歌から、縞の合羽に三度笠、振り分け荷物を肩に、粋な小政の旅姿を思い出すよ。格好いいよ。まあ、それはそれとして、俺としては絶滅危惧種の電車内読書人間となって会社に行くとしよう。

「大とろ」の鮨屋の幟裏がへり「大うそ」に見ゆさうかともおもふ

これは先月末のお話。私の立場からするとね、すし屋の看板が目に入って、急に、大トロが食べたくなった。だが、なんと言っても奇数月の月末、無理をすればなんとかなりそうだけど、天かすともやしでしのぐしかないかなあと考えていた所だった。それで、迷っていたんだ。ふと見ると、「大うそ」の幟じゃないか。そうだよ、せいぜい中トロか、場合によっては小トロだよ、やめたやめたと、踏ん切りがつく決心が付いたというわけ。多分、神様のいたずらだと思う。神様は時々、こうしたいたずらをするからね。

文字の読み違え、書き違えはよくあることです。パソコンやメールでつくった文章を見ますと、誤変換に時々出会います。私もよくやります。先日もやってしまいました。ツイッターで改憲と打ったつもりが会見となっていました。意味が通じません。困りました。

何十年も前になります。父親が脳梗塞で倒れ、ショックを受けていました。仕事もうまくいかないことがあって、落ち込んでいました。しかし、沈んでばかりもいられません「負けてタマルカ、負けてタマルカ」と口に唱えながら会社へ向かう道路を歩いていました。ふと見上げると「タマルカ」という大きな看板が目に入りました。えっ、なんじゃこれは、と思ってよく見ると、「マルタカ木工」という会社の看板でした。

さっきまで居たはずの夫小春空

あらっ、居ないわ、どこへ行ったんでしょう。用を頼もうと思っていたのに困ったわ。寒い日が続いた後で、今日は小春日和、どこかへ出かけたくなる気持ちも分らないではないけど。どういう訳か、私が用を頼もうと思うと、すいと居なくなるのよね。何か頼まれそうだというのが分るらしいのよね、きっと。ほんとに不思議だと思うわ。まさか、私の靴を間違えて履いて行かないでしょうね。奥さんが間違えて履いて行ってしまって、ご主人がこぼしている話を、どこかで聞いたことがあるけど。うちの人も碁会所でも行ったんでしょう、そんな気がするわ。

鍵掛けた記憶なければ帰る秋

玄関に鍵を掛けた記憶はないけれど、掛けたような気がしないでもない。もう十分も歩いてきてしまった。戻って鍵を掛けてくると二十分かかる。もっと早く思い出させてくれればいいのに、神様も気まぐれだから十分も経ってから思い出させた。これは認知症の始まりかな。七十歳になってから、小さなものを落とすようになった。例えば、歯磨きのチューブのふたとか、小さな練り薬のチューブのふたとか。手先の神経が鈍くなっている。それに、記憶喪失症なんて嫌だよ。

あっ、イケね、つまらぬことを考えているうちに駅に着いてしまった。戻ると往復三十分の無駄だ。いかん、気にし出したらこのまま電車に乗るわけにはいかない。鍵を掛けに戻ろう。空き巣にでも入られたらことだ。囲碁大会は三十分の遅刻で、残念だが、第一局は不戦敗だ。十分は余裕を見ていたから正確には二十分の遅刻だ。それにしても不戦敗は酷だなあ、まだ四十分もあるのだから、相手の持ち時間は規定通り三十分で、こちらが二十分削って十分で対局させてくれれば問題はない筈だ。今度、大会役員に会ったら、大会規定の改正を進言しよう。

さあ、家に着いた、あれ、鍵が掛かっている。記憶力の減退、いや、無意識のうちに鍵を掛けていたのだ。急いで駅に戻ろう。そうか、どうせ不戦敗だ、急ぐ必要もないか。しかしだな、これだけ緻密な考えができるのだから認知症にはならないだろう。それが認識できただけでもいいか。少しは運動不足の解消にもなったし。空は秋晴れだ。

隣家には見えぬ隣家の石蕗(つわ)の花

お隣の木の枝が地境を越えて当家の庭に長い枝を垂らしています。不法侵入だから勝手に切っていいだろうと思いましたら、弁護士さんの話によると、所有権はお隣さんにあるので、邪魔になっても、勝手に切ってはいけないのだそうです。お隣に申し入れをして切ってもらうようにしなければいけないということでした。

お隣のツワブキがどんどん大きくなって、こちらに侵入してきました。お隣さんに言って切ってもらおうと思っていましたら、今年は小さな薄い黄色の可愛い花が咲きました。お隣さんからは葉の陰になっていて見えません。不法侵入でごめんなさいね、と言っているようです。しばらく鑑賞して、花が枯れたら切ってもらおうと思っています。ツワブキは、七年に一度花が咲きます。

ヘルパーさんが植えてくれたツワブキが七年目に可愛い花が咲きました。伊豆の踊子コースを歩くとよく見かけます。つやつやした大きな葉がとても見事でした。

一滴の目薬逸れて頬に垂るこのまま泣いてしまいたい夜

作者さんは、目がかゆいので目薬を差していました。一滴がそれて、頬をつたわって流れてきました。よその人が見たら泣いているように見えるでしょう。そんなことを考えていたら、本当に泣きたくなってきました。最近、とても悲しいことがあったのでしょうか。普通は悲しくて涙が出るのですが、目薬の失敗が涙みたいになって泣きたくなる。順序が逆ですが、ありそうな気もしますね。でも、泣いてしまうと涙が出て目薬も出てしまうので、後でもう一回、目薬を差さなければならなくなりますよ。いや、そうじゃないか涙がかゆみを除いてくれますからその必要はなくなりますね。

「涙じゃないのよ　浮気な雨に　ちょっぴりこの頬濡らしただけさ……」（エト邦枝「カスバの女」）、この場合、それは言い訳で、ほんとは涙のような気もしますね。そのほか、「なみだ船」（北島三郎）、「なみだ恋」（八代亜紀）、「悲しい酒」（美空ひばり）、「人生の並木路」（ディック・ミネ）など、涙の歌はたくさんあります。「うれし涙」というのもあり、涙は人生にとって、切っても切れない、とても深い関係があります。人生、大方は「二階から目薬」。

行列のラーメン旨し旨けれど命惜しみて汁残しけり

定年後、十年も働かしてくれて、いい会社だった。仕事を離れたら、少し太り出してさ、やばいな、と思っていたら、区役所から老人健診の通知が来たので、受診したんだ。そしたら、血圧が少し高いと言われたんだ。その医者は、かかりつけなもんで、俺が普通より血圧が低めなのを知っていたから、それほど高い数字ではないが、薬飲んだ方がいいと言われて薬を飲み始めたのさ。そして厳重注意さ。色々あるが、おそばの汁は全部飲んではいけませんだと。

若い時からそば好きで、いつも、きつねか、たぬき、懐具合がいい時は、なべ焼き、たいてい、汁は、全部飲んでいたね。なべ焼きの汁は特にうまい。それが、ラーメンが出てからはラーメン党になった。近所に行列のできるラーメン屋ができて、常連となったのは言うまでもない。この汁が断然うまい。鶏ガラと、とんこつの中間みたいな味で、なんとも言えない。ラーメンは安くてうまいから、今では世界中にラーメン党がたくさんいるらしいね。ラーメンは中国から来たもんだと思ったら、日本で発明したんだってね。何十年か前に中国へ行ったが、中華料理店にラーメンがなかったよ。今では随分増えたらしいが。

最近は区役所から来る書類にも減塩、減塩だ。医者にも、くどく言われるし、もったいないけど、汁は半分残しているよ。命が惜しいからね。「河豚は食いたし命は惜しし」と言った人の気持ちが分るよ。この人はフグを食わなかったらしいが、俺はラーメン食うのは止められないなあ。

BORN（ボーン）ともGONE（ゴーン）とも聞く除夜の鐘

漢字四文字の俳句が出て来て、驚きましたが、今度は、なんと、英語が出てきました。俳句は間違いなく進化しています。そしてグローバル化しています。英語圏に俳句が流行しているそうですので、これは欧米人の作品かと思いました。こういう俳句が出てくると、間違いなくその流行を後押ししますね。日本文化の海外普及に大きく貢献します、は、ちょっと大げさですかな。

確かに、除夜の鐘の音は、ボーンとも聞こえるし、ゴーンとも聞こえます。その音には何の意味もありませんが、心に何かしみるものがあります。しかし、この音を英語にすると俄然、意味を持ってきます。上手い文字があったものです。

除夜の鐘に関連して言われる言葉が、「行く年、来る年」です。BORNはご承知の通り、BEAR（生む）の過去分詞形です。「生まれる」と考えることができます。過去形はBOREです。GONEはGO（行く）の過去分詞形で、過去形はWENTです。「行った」と解釈できます。

で、除夜の鐘の音は、こう言っています。つらかったこと、悲しくて涙を流したことは、みんな過去の世界に行ってしまいましたよ。ゴーン。新しく生まれる年は、希望に満ちた、楽しい一年になりますよ。ボーン。

気のせいか出あひし狸目礼す

いいえ、気のせいではないのですよ。狸の私は確かに目礼したのです。気づいて頂いて有難うございました。ほら、先日、お庭に顔を出した時に、パンの耳を投げて下さったではありませんか。嬉しかったたです。山に食べるものがなくなって、つい、里の方へ下りてきてしまったのです。この間、何気なく、信楽焼の里へ行ってきました。仲間が大勢いるので、びっくりしてしまいました。大小さまざまの狸の焼き物を作っているのですね。これを見て人間様は、あまり我々を嫌っているのではないことが分りました。決して悪さは致しませんから、今後ともよろしくお願いします。

五年ぶり会いし友との語らいは変わらないねの嘘から始まる

いいんですよ、作者さん、それでいいのです。嘘は人間生活にとって重要な役割を果たしています。自分では最近一年ごとに年寄りになっていく感じでお化粧品代もかさんできます。でも変わらないと言われると少し嬉しくなります。相手さんも同じです。相手が誰でも、嬉しくさせるということは非常に大切なことです。

嘘も方便、というのは、弘法大師が言い出した言葉だそうですが、「あなた年取ったわねえ」、と言いあっていたらみんな、がっかりして、世の中が暗くなってしまいます。仏教の言葉に「無財の七施」というのがあります。その一つが「言施」です。施しはお金がかかりますが、「言施」は言葉の施しですからお金がかかりません。変わらない、という言葉で相手を喜ばせ、施し物をしているのです。仏教の教えにかなっているのです。立派なものです。

豆撒きや逃げ出しさうな鬼瓦

あまり大きな声で「鬼は外」と言われたもので、思わず逃げ出しそうになりましたが、その必要はありませんでした。第一、鬼は鬼でも、私は、人間に悪さをする悪魔や、疫病神を追い払うことを役目としている守り神なのですからね。歴史的建造物だけではなく、普通の民家でも建て替える時には鬼瓦だけは大事に保管しておきます。瓦職人が精魂込めて作るせいでしょう。精巧で見事な出来のものが多いです。この鬼は怖い顔をしていますが恐ろしくはありません。怖いと、恐ろしい、は、どう違うのか？　ですって。ちょっと困りました。要するに鬼瓦の鬼は恐ろしくないということです。総理大臣みたいなことを言ってしまいました。文部科学省では、国語の試験に、「募集する」と「募る」の違いを記せ。という問題を考えているという話ですが。

酒飲めぬ妻が脱皮を繰り返し我より強い蟒蛇になる

「うわばみ」はこういう字を書くのですね。短歌や俳句を作る人は学があって、知らない字が時々出てきます。巨大な蛇で、何でも飲み込むので、大酒家の別名になっているようです。囲碁の世界に似たような話が。〈最大の碁敵妻の留守の夜はひそかにひもとく「定石徹底研究」〉（40頁参照）という歌がありました。なかなか碁を覚えようとしなかった妻がどういう弾みか碁を習い始めたらメキメキ強くなって、ご主人がおちおちしていられなくなったというお話です。

「お前も一杯飲みなよ。酒は美味しいもんだよ」

「わたしは、だめよ、下戸ですから」

「結婚式の三々九度で飲んだじゃないか」

「あれはほんの少しですもの」

「少しでいいんだよ」
「じゃあ、おちょこ一杯だけよ」が始まり。小蛇は脱皮を繰り返し、遂に大蛇となりました。

この短歌から、落語好きなら、思い出す落語があります。そうです。『らくだ』です。志ん生をはじめ多くの落語家が演じていますが、私は、昭和三十九年に六十七歳で亡くなった八代目三笑亭可楽のものが絶品だと思っています。落語に御縁のない方の為に粗筋をご紹介します。

本名を馬、あだなをらくだという町中の鼻つまみ者がフグに当たって天国に行ってしまいます。らくだの無頼を上回る兄貴分がそれを発見し、たまたま回り合わせた善良そうで、気が弱そうで、始終おどおどしている屑屋を脅して、お通夜のまねごとをしたいからと、大家さん、酒屋さんから酒、魚を届けさせます。看踊(かんのう)を踊らせる経緯が笑いを誘いますが、それは割愛します。仕事がありますからと言って断る屑屋に無理矢理に酒を飲ませた結果、屑屋は、
「なにっ、どこの家のフタがあかねえのォ、俺ンとこかい、ちぇ、ふざけんない、おい、兄弟え、商売には雨降り、風間ってのがあんだよ。人間は病みはあるしさ、

五日や十日休んだからって、釜のフタのあかねえような、そんなドジな屑屋じゃねえよ、おらァ。ナメンないっ」と、大変身です。

――【附】俵万智作歌　『サラダ記念日』より――

大きければいよいよゆたかになる気分東急ハンズの買物袋

デパートでは、買った品物の大きさには不似合いな、ポリエチレンフィルムに覆われた立派な大きな買い物袋をくれます。東急ハンズの物は特別大きいのかもしれません。万智さんは、すっかりいい気分になりました。懐が豊かになったわけではないのですが、気分が豊かになって、さらに買い物をしようかなと思っています。そこがデパートの付け目です。敵の作戦に乗せられてしまいました。いいんです。作戦であろうと何であろうと、心を豊かにしてくれるというのは有り難いことです。それ以上買わないかもしれないお客にも大奮発して立派な袋に入れてくれます。その大度量に感じ入って万智さんは、さらに買い物をしようとしているのです。そうですよね、万智さん。

デパートの狙いはもう一つあります。お客さんはその袋を持って電車に乗り、街中を歩きます。ロイド眼鏡と燕尾服を身につけていないサンドイッチマンです（主にサンドイッチウーマン）。広告効果は小さくありません。それで、その製作費は広告宣伝費の中から半分出ているのです。

『サラダ記念日』は最近の出版と思っていましたが、昭和六十二年五月に初版が、同年八月には一八二版が出版された大ヒット歌集でした。万智さん二十四歳の時です。三十三年も経過しています。光陰矢の如し。現在のお年は書きません。

午後四時に八百屋の前で献立を考えているような幸せ

誰の為に献立を考えているのでしょうか。自分の為ではありませんね、自分の為だったら、あまり考えないで買う物を決めるのではないでしょうか。誰の為かは言う必要がないでしょう。皆さんご想像の通りです。

ただ、最近は小売り屋の八百屋さんが少なくなりました。スーパーにとってかわられて、そこの野菜売り場でということになります。同じようなものですが、やっぱり、〈八百屋の前で〉ということでないと、この歌は生きてきません。

流通機構の大きな変化は、短歌の世界にも小さくない影響を与えています。大げさではありません。この歌は、やがて始まる八百屋のご主人、おかみさん、或いは店員さんとの会話、こっちの大根の方が柔らかいかしら、ご近所の人たちとの楽しい会話、お宅、今夜はなべ物ですか、など下町の和やかな風景を感じさせるものを持っています。スーパーにはそれがありません。黙って野菜を選び、籠に入れ、レジで支払いをする味けの無いものです。

それはそれとして、献立を考えているような幸せと言っていますが、考えている今が幸せだと作者は思っています。献立を誰かの為に考える、その誰かがいない人は幸福とは言えません。どうぞ、若い娘さん、献立を考える人を見つけて幸福になって下さい。丈夫な赤ちゃんを産んで下さい。フランスだか、イギリスだかの哲学者だか大作家だかも言っています。

「人間の幸福は人間同士の結合にある」と。

これは、政府にお金をもらって書いているようなことは絶対にありません。ほんとにそんなことは絶対にありません。

「寒いね」と話しかければ寒いねと答える人のいるあたたかさ

この場合は結婚前のような気がします。「お寒うございます」と言えば「お寒うございます」と返ってきます。それではだめなのです、「寒いね」でなければならないのです。いくら親しくても隣のご主人に「寒いね」とは言えません。そこが万智さんの神経の繊細なところです。

たった、それだけの単純な会話に温かさを感じる。いいですねえ。

オクサンと吾を呼ぶ屋台のおばちゃんを前にしばらくオクサンとなる

「寒いね」
「寒いね」
「今日、串カツ買いに行ったのよ」
「あの屋台にかい」

「そう、あそこの串カツ美味しいものね」

「俺も時々行くんだよ」

「そしたら、あのおばちゃん、私のことをオクサンと呼ぶのよ」

「そうか、それはお気の毒。でも、ほかに何と呼んだらいいのかな、おねえちゃんじゃ、なお、おかしいし」

「私も一瞬、そんなこと考えたのよ」

「日本語の二人称は難しいよ、俺、いつも考えているんだけど」

「仕方がないから、しばらくオクサンしてたわよ」

トロウという字を尋ねれば「セイトのト　クロウのロウ」とわけなく言えり

尋ねたのは高等学校の国語科の万智先生、答えたのは、勿論、高等学校一年生の生徒さん。生徒の徒、苦労の労、この生徒さんは、多分「生徒は、みんな、先生の試験問題に苦労しています」と言いたかったのだろうと、万智先生は、苦笑しながら、理解して、この歌を詠みました。

私が答えるとこうなります。トシュクウケンのト、ロウサクのロウ。自己解説。徒手空拳、頼るものが何もなく自分の力だけで物事を進めなくてはならない私は、苦労に苦労を重ね、何とかこの「評」を書き続けています。労作の労。心友に見せると「苦労に苦労を重ねている割には、あまりいい出来とは言えないなあ、苦労が足りないんじゃないか」と、のたもうた。

「分った、もっと、もっと、徒労にならないように、百倍も努力するよ」と返事をした。

親友＝親しい友。

心友＝絶対に褒めることは言わず、辛辣な皮肉ばかり言っている憎らしい友だが、嬉しいこともつらいことも何でも話し合える信頼のできる友人。

「ほら」と君は指輪を渡す「うん」と吾は受け取っているキャンディーのように

婚約指輪の交換が「ほら」と「うん」ですか。これ以上に簡略な儀式はありませんね。これで婚約成立です。思わず笑いがこみ上げてきます。時代の最先端を行っています。仲の良い夫婦が出来上がりそうです。

「憲法第二十四条①婚姻は、両性の合意のみに基いて成立し――」を地でいく情景です。でも、「ほら」と「うん」がスムーズに成立するためには、かなり長い相互理解の為の時間があったような気がします。

このお二人は、多分、「寒いね」と言ったら、「寒いね」と答えたお二人でしょう。そして、「うん」と答えたのは、たぶん、屋台のおばちゃんに「オクサン」と呼ばれて戸惑っていた「寒いね」の娘さんでしょう。間もなく、本物の奥さんが生まれます。めでたし、めでたし。

参考文献

『川柳でんでん太鼓』田辺聖子、講談社

『ひねくれ一茶』田辺聖子、講談社

『ぼけせん川柳三〇〇〇句』山藤章二、講談社

『広辞苑　第二版補訂版』新村出編、岩波書店

『現代日本文学全集〈第91〉現代俳句集』筑摩書房

『佐藤春夫詩集』佐藤春夫、新潮社

『近代文学館〈特選〔8〕〉落梅集』島崎藤村、日本近代文学館 ほるぷ出版

『サラダ記念日』俵万智、河出書房新社

『美愛眞』武者小路実篤、ＰＨＰ研究所

『マーフィーの法則　現代アメリカの知性』アーサー・ブロック、倉骨彰訳、アスキー出版

『天翔る白日』黒岩重吾、中央公論社

『黄泉（よみ）の王（おおきみ）』梅原猛、新潮社

索引

【お】

【か】

【き】

【く】

【け】

【こ】

【す】

【せ】

【そ】

【た】

あとがきに代えて

「碁愚の細道」

爛柯は万人の趣味にして、碁を打つ人は皆碁敵なり。盤の上に石を並べ碁笥の蓋とらへて老いを迎ふる者は、日々趣味にして趣味を生き甲斐とす。吾人も多く大会に負くる有り。

予もいづれの年よりか、変人の彼に誘はれて昇段の思ひやまず。碁会所にさすらへ、去年の秋墨東の破屋に蜘蛛の古巣をはらひて、やや年も暮れ、腹立てる妻をよそ目に、級の関超えんと、そぞろ神のものにつきて心くるはせ、日本棋院の招きにあひてとるもの手につかず、ネクタイのよぢれを直し、靴のひもつけかへて、三時の菓子食らふより、棋院の場所まづ心にかかりて、古き『囲碁クラブ』は人に譲り、三巻の別冊を

机上に、

腐るとも初段をとるぞ鄙の鯛

表八句を部屋の柱にかけおく。

卯月も初めの五日、明け方の頭朦朧として、目は夜明けの光にかすみたれど、富士の頂幽かに見えて、上野の森の花は盛り、歳歳年年花相似たり。

むつまじきかぎりは朝からつどひて、酒盛りを始む。そを横目ににらみ市ケ谷といふ所にて電車を降りれば、前途初段への思ひ胸にふさがりて、幻の免状にあこがれの涙をそそぐ。

行く春や段なき人の目は涙

これはこれとして坂道なほ進まず。人々は棋院前に立ち並びて、免状取るまではとの思ひなるべし。

ことし昭和六十一とせにや、囲碁初段への行脚ただかりそめに思ひ立ちて、呉天に白髪の恨みをかさぬといへども、耳にふれていまだ目に見ぬ講師、もし及第して帰らばと定めなき望みの末をかけ、その日やうやく棋院の教室にたどりつきにけり。布石の頭に入らぬことまず苦しむ。ただ宿敵に勝たんものと出で立ちはべるを、壁に近づかぬは身の防ぎ、しちょう、げた、うってがへしのたぐひ、あるは解き難き詰碁の出題には、さすがにうちくたびれて、講師の煩ひとなれるこそわりなけれ。

（昭和六一年十二月作）

令和二年九月十三日

甲野功

著者プロフィール

甲野 功（こうの いさお）

1932年生まれ
東京都出身、在住
1956年、都立商科短期大学卒業
1958年、旭ロール㈱入社、取締役総務部長。旭エンボスメタル㈱、専務取締役
現在、日本棋院葛飾支部長、葛飾区囲碁連盟相談役

シニア文学投稿誌「鶴」への作品掲載をきっかけに『私の父物語』『ゆくりなくも』（いずれも鶴書院）に作品が収録される

著書『或るサラリーマンの日記』（鶴書院、1999年）
　　『或る中小企業奮戦記』（鶴書院、1999年）
　　『康平君への手紙』（長野日報社、2002年）
　　『技術大国の礎（いしずえ）となった男たち』（文芸社、2004年）

短・俳　落穂ひろい ～癒し系ユーモア評～

2021年1月15日　初版第1刷発行

著　者　甲野 功
発行者　瓜谷 綱延
発行所　株式会社文芸社
　　〒160-0022　東京都新宿区新宿1－10－1
　　電話 03-5369-3060（代表）
　　　　 03-5369-2299（販売）

印刷所　株式会社フクイン

ISBN978-4-286-22174-8　JASRAC 出 2007206－001